Männer mögen Maiglöckchen

Wir sind Note, Instrument und Spieler.
Willigis Jäger, Benediktinerpater und Zen-Meister

Johanna Renate Wöhlke

Männer mögen Maiglöckchen

99 und eine Schmunzelgeschichte

Bibliografische Information der Deutschen Nationalbibliothek
Die Deutsche Nationalbibliothek verzeichnet diese Publikation in der
Deutschen Nationalbibliografie; detaillierte bibliografische Daten sind
im Internet über http://dnb.d-nb.de abrufbar.

copyright 2007 Johanna Renate Wöhlke Verlag, Hamburg
Foto: Johanna Renate Wöhlke
Herstellung: Books on Demand GmbH, Norderstedt
ISBN: 978-3-931628-64-2

Inhalt

Eine kleine, friedliche, zuverlässige und ordentliche Einleitung

Sie haben ein blaues Buch in der Hand. Blau ist in der Sprache der Mode die Farbe, die auf der negativen Seite als langweilig, tugendhaft, lästig, langweilig und konservativ eingestuft wird. Auf der positiven Seite steht das Blau für friedlich, zuverlässig, beständig und ordentlich.

Neulich las ich auch die Empfehlung, dass eine Frau, die ein kreatives Verkaufsgespräch als Repräsentantin von Public Relations, Werbung, Design oder Marketing führen will, nie in blauer Kleidung erscheinen solle, denn Blau und Kreativität gelten als widersprüchlich. Allerdings wurde blaue Kleidung in allen Fällen empfohlen, in denen Mann und Frau Autorität signalisieren wollen. Wer einen blauen Anzug oder ein blaues Kostüm trägt, vermittelt das Gefühl, alles unter Kontrolle zu haben.

Ich habe meine Texte in ein blaues »Kostüm« gesteckt. Sie können also sicher sein, dass ich beim Schreiben alles unter Kontrolle hatte. Allerdings hätte ich auch nichts gegen ein kreatives »Verkaufsgespräch« … sie könnten meine Geschichten mögen und weiterempfehlen. Das farbpsychologische Dilemma scheint vorgezeichnet.

Aber, da ist ja noch das kleine weiße Maiglöckchen, das deutlich und unübersehbar seinen Platz im blauen Meer der Farbe behauptet, so rein, klar, frisch und futuristisch, dass Widersprüche und Spannungen offensichtlich werden – auf anregende Weise, wie Gegensätze, die sich magisch anziehen.

Blau mag in der Mode die oben genannten Eigenschaften signalisieren, beim Schreiben nicht. Da steht es für Geheimnis und Magie! So ist es auch mit den Männern, den Maiglöckchen und all den Möglichkeiten, die sich aus ihren Anziehungskräften immer zu entwickeln pflegen. Aber das gerade ist so schön und reizvoll, so spannend und beglückend, denn es könnte zu einer wichtigen Erkenntnis für die Menschheit werden, dass Männer und Maiglöckchen untrennbar miteinander verbunden sind! Lesen sie zuerst die Geschichte »Männer mögen Maiglöckchen« und sie werden genau wissen, was ich meine.

Am Ende dieses Buches bleibt ein buntes Bild, zusammengesetzt aus lauter kleinen Alltagsminiaturen, Mosaiksteinen des Lebens, Schmunzeln beabsichtigt.

Diese vorliegenden einhundert Texte stammen aus meiner Arbeit für das Hamburger Abendblatt/Harburger Rundschau und deren Kolumne »Lokalspitze«.

Johanna Renate Wöhlke

Abgenagt und ordentlich

Meine Oma ließ sich durch die Ansprüche der Hochkultur nicht aus der Ruhe bringen, wenn es um das Essen von Fleisch ging. Einfach so Fleisch, geschnitten und filetiert, das hatte es für sie sowieso nie gegeben. Das Huhn, die Gans, die Ente, das Schwein, sie mussten selbst geschlachtet werden, bevor sie knusprig gebraten auf dem Mittagstisch angerichtet werden konnten – und alle diese Tiere haben nun einmal Knochen! Meine Oma liebte es also, das Fleisch von den Knochen zu nagen, auch wenn um sie herum alle zum Beispiel ihr halbes Hähnchen mit Messer und Gabel verspeisten. Aber das Ergebnis, das Ergebnis – davon muss geschrieben werden! Die mit Messer und Gabel abgegessenen Hähnchen, sie waren und sind doch immer nur halb aufgegessen. Es hängt noch immer eine Tagesportion Fleisch und Haut für meinen Hund dran. Dagegen die mit den Fingern gehaltenen und den Zähnen abgenagten Hähnchen! Welch eine Augenweide, welch ein sauberer Teller, welch eine knochige Ordnung! Fein säuberlich liegen dann die Knochen nebeneinander, von jeglichem Fleischrest rein und glatt gegessen. Nichts für den Mülleimer. Nichts für den Hund. Anders hätte es meine Oma uns Kindern nie durchgehen lassen. Merke also: Wo Messer und Gabel versagen, sind Finger und Zähne noch lange nicht am Ende – oder gereimt gesagt: Nervt dich mal die Hochkultur, nage mit den Zähnen nur … oder vielleicht doch besser: Wenn man mit den Zähnen nagt, hat die Hochkultur versagt?

Achtung Männer!

Bitte, liebe Männer, nicht gleich den Kaffee verschütten und vor Schreck statt in das Brötchen in die Lippe beißen! Die Dinge werden im Leben immer viel weniger heiß gegessen als sie gekocht werden. Darauf können wir uns alle fest verlassen. Außerdem betrifft es nicht die noch Lebenden, sondern hat nur Bedeutung für den Mann an sich, als Entwicklungsexemplar der Evolution sozusagen. Nach dieser langen, beschwichtigenden Vorrede nun also zum Knackpunkt: Einige Forscher vertreten die Meinung, dass die Überlebenschance des Mannes im Verlauf der Evolution davon abhängen wird, wie sehr er für die Fortpflanzung des Menschen überhaupt noch erforderlich sein wird! Bitte, ich hatte gewarnt, und nun habt ihr den Kaffee doch verschüttet? *Ich* habe ja die Frage nach dem Sinn von Männern nicht gestellt. So biologistisch hatte ich bislang die Sache mit der Fortpflanzung des Menschen nicht betrachtet. Dass der Mann nur dazu und zu nichts anderem nützlich sein kann, bedeutet doch, den Mann und seine Bedeutung für die Frauen, die Welt und das gesamte Universum total zu ignorieren! Schmeckt das Brötchen wieder? Das soll es auch. Männer und Frauen passen zusammen, basta! Wer jemals etwas Anderes behauptet, ist einfach eine Fehlentwicklung der Evolution!

Alle Zeiten …

Heute habe ich die beste Tomatensuppe aller Zeiten gegessen, mit Basilikum Pesto, etwas Zucker, Salz und frisch gemahlenem schwarzen Pfeffer. Dann habe ich den besten Vanillepudding aller Zeiten gegessen. Dazu gab es eine wunderbare Soße aus passierten Erdbeeren, natürlich die beste Soße aller Zeiten. Irgendwie hatte ich das Gefühl, mit diesen Speisen in den besten Minuten aller Zeiten gewesen zu sein. Das ist natürlich nur dann richtig zu verstehen, wenn man meine Liebe für alle Vanille-Desserts so richtig nachvollziehen kann. Es sind halt immer die besten Sekunden, Minuten und Stunden aller Zeiten, wenn das Leben uns Genüsse und Eindrücke beschert und vermittelt, die sich nicht mehr aus unserem Gedächtnis tilgen lassen. Das müssen auch die Filmemacher aus Hollywood wissen, die uns mit schöner Regelmäßigkeit die schönsten Filme aller Zeiten zu Gehör und zu »Geschau« bringen. Gerade wieder soll das mit einem tollen Film der Fall gewesen sein, der irgendwie in der Karibik spielt, wo ich doch ganz sicher das sicherste Gefühl aller Zeiten habe, dass Karibik bei hochsommerlichen Temperaturen gerade bei mir Zuhause ist, ganz sicher! Das lässt den schwitzklaren Schluss zu, dass unsere Gegend im Moment die beste Gegend aller Zeiten ist! Ich bin da ganz sicher, denn die beste Gegend aller Zeiten ist doch immer dort, wo wir uns so richtig gut fühlen können und dürfen und sollen und überhaupt nicht das Gefühl haben, dass sich sehr bald etwas Wesentliches ändern sollte … für alle Zeiten!

Alles ist relativ

Wie fahren Sie gerne Auto – langsam oder schnell? Diese Frage zu beantworten ist nicht so einfach, wie es auf den ersten Blick scheint. Der kluge Mensch antwortet nämlich immer: Es kommt darauf an. Er könnte damit auch meinen: Es kommt immer auf den Standpunkt des Betrachters an. Alles ist relativ. Damit wären wir dann schon mitten drinnen in der Hochphysik, denn wir hätten Albert Einstein und seine Relativitätstheorie beim Wickel. Es ist aber auch eine geniale Erkenntnis, einfach zu sagen: Es kommt immer auf den Standpunkt des Betrachters an. Jeder macht täglich diese Erfahrung. Wenn ich zum Beispiel mit jemandem Auto fahre, der gerne schnell Auto fährt und darin auch viel mehr Routine hat als ich, dann empfinde ich das als viel zu schnell. Kommunikation ist in solchen Fällen meist zwecklos. Zähne zusammenbeißen und durch, ist dann eher die Devise. Es gibt eben Menschen, die es lieben zu fliegen, andere gehen gern zu Fuß. Aber Geschwindigkeiten sind auch sonst im Leben nicht unwichtig. Neulich machte ich eine wunderbare Erfahrung in Sachen Geschwindigkeit, Beschleunigung und meinem Standpunkt als Betrachterin. Ich stellte einen Antrag bei einer Bundesbehörde und erhielt die Information, es gäbe eine Beschleunigungsgebühr: mehr zahlen, schnellere Bearbeitung. Pünktlich zahlen, schnelle Bearbeitung ist nicht vorgesehen? Das finde ich relativ schade!

Anständige Geschenke

Früher, da haben sich die Menschen noch anständige Geschenke gemacht. Gut, es kam auch schon einmal vor, dass vor Weihnachten beim Julklapp eine Baumwollunterhose im Paket war. Aber das war dann nur ein Ausrutscher einer stillosen Person. Ansonsten konnte man sich über Geschenke nie beklagen. Wie schön war es doch für den Opa immer wieder, wenn er zum Geburtstag Socken, Oberhemd und Strümpfe bekam. Diese jährliche Überraschung, wie kam sie doch immer wieder gut an. Er revanchierte sich dann mit einem neuen Staubsauger, und die Welt war in Ordnung. Keine seelischen Ungleichgewichte durch Geschenke. Aber heute! Da ist man doch bei Feierlichkeiten nie vor Überraschungen sicher! Es könnte zum Beispiel ein Stripteasetänzer aus der Torte hüpfen und seine Hüften schwingen. Neuerdings werden von jungen Leuten auch gerne und oft Gipsabdrücke von eigenen Körperteilen verschenkt, nicht gerade als Julklapp zu Weihnachten, aber zu Geburtstagen, bestandenem Abitur oder einfach nur als Liebespfand. Hinterteile und Busen im Geschenkkarton – und was noch so alles einzugipsen wäre – altmodische Sockenschenker zum Beispiel auch. Aber bitte nicht ohne das Loch zum Atmen!

Begriffsstutzig

Es ist nicht so, dass ich ein begriffsstutziger Mensch wäre. Ich kann durchaus einer Filmhandlung folgen, auch wenn sie kompliziert ist. Es hat schließlich nichts mit Intelligenz zu tun, einem Drehbuchautor abzunehmen, dass die Gesetze der Schwerkraft nicht mehr gelten, die Gesetze der Vererbung außer Kraft gesetzt sind oder das menschliche Wesen als solches überhaupt keine Bedeutung mehr hat. Das kennen wir alles schon aus den alten Märchen. Da gab es auch das Tischlein-deck-dich und niemand hat sich dabei gefragt, woher diese Speisen so plötzlich alle aus dem Nichts erscheinen können, wo doch ein normaler Mensch das alles nur unter größten Mühen und viel Arbeit über einen Zeitraum von vielen Stunden hätte schaffen können. In diesen alten Märchen aber, da konnte ich immer noch die Sprache verstehen und wusste, was mit den Begriffen gemeint war: ein Tisch ist ein Tisch, eine Speise eine Speise, ein Tischtuch ein Tischtuch, ein Esel ein Esel. Was aber um alles in der Welt bedeutet es, wenn ein Subraumkommunikationsnetz einer korrelativen Aktualisierung unterliegt? Reisende von Sternentor zu Sternentor in intergalaktischen Welten wissen das natürlich auf Anhieb genau. Ich Eselin dagegen sitze vor meinem Fernseher und verpasse die Handlung weil ich mal wieder alles nicht richtig miteinander korrelieren kann!

Beim Essen gesehen

Sie kennen das: Man sitzt in einem Restaurant in einem der großen Kaufhäuser, um den kleinen Hunger zu stillen, aber in Wirklichkeit tut man zweierlei: Essen und Leute beobachten! Nicht dass man neugierig wäre oder gar voyeuristisch. Es ergibt sich einfach so von selbst. Hinter mir schreit ein Baby. Die Dame rechts von mir fühlt sich davon sehr gestört und runzelt ihre Stirn. Gute Laune scheint sie heute und auch sonst nicht oft zu haben. Das junge Paar gegenüber dagegen umso mehr. Ich bekomme Anschauungsunterricht in Küssen, Schmusen und Füttern. Es ist noch immer so: Jungverliebte füttern sich! Ein Häppchen hin, ein Häppchen her – und die Currywurst mit Pommes frites ist verzehrt. Wie lange es dauern kann, ehe so eine Mahlzeit dorthin gelangt, wo sie hin soll … Wie war das noch damals bei mir? Erinnerungen werden wach und füllen meinen Kopf während mein Teebecher immer leerer wird. Füttergeschichten aus den Tagen einer jungen Liebe kann jeder erzählen. Füttern bedeutet: Ich mag dich, ich sorge mich um dich, ich liebe dich. Wer käme schon auf die Idee, in einem Restaurant unter fremden Menschen einen fremden Menschen zu füttern?

Bestaunenswert

Im Sommer und bei schönem Wetter zieht es den Menschen an das Wasser und in die Berge. Es freuen sich die Strandkorbbesitzer, Bergbahnbetreiber und Eisverkäufer. Weniger gut gelaunt könnten die Schloss- und Burgenverwalter sein. Durch hochherrschaftliche Wohn- und Schlafgemächer geführt zu werden, das macht bei 32 Grad Hitze nicht so viel Spaß. Trotzdem treibt es uns immer wieder dort hin und wir staunen über die Pracht und Herrlichkeit vergangener Epochen und Lebensräume. Keiner von uns Bildungsbürgern hat je überschwänglich nach einem Urlaub gesagt: »Wie war das Haus von der Familie Kleinmensch doch toll! Da konnten die Kinder so schön im Matsch auf dem Fußboden spielen und wir hatten einen richtigen Eindruck vom Leben der armen Leute!« Stattdessen schauen wir lieber auf Seidentapeten, vergoldete Statuen, geschnitzte Möbel und mit Stuck verzierte Wände und Decken und seufzen uns in die Rolle und das Leben von Adelsdamen, Rittern und Burgfräulein hinein. Wir sind Träumer. Unsere Sehnsüchte reisen immer mit, wenn wir unterwegs sind. Burgfräulein, Ritter und Adelsdamen mit Schalenkoffer und Handy. Aber davon bleiben wahrscheinlich nur Fotos übrig, die in hundert Jahren keiner mehr sehen will.

Bitte nicht anfassen!

Es ist zwar nicht ausdrücklich in den Menschenrechten formuliert, aber es ist trotzdem eine wichtige Regel des menschlichen Zusammenlebens: Der Mensch wird nicht gerne angefasst, wenn er es nicht möchte. Dabei fasst der Mensch doch gerne und viel an und findet dafür immer wieder gute Gründe. Wer steht zum Beispiel im Kaufhaus einfach nur so vor einer Ansammlung von Stoffen, Unterhosen, Klamotten, Schmuck oder anderen Waren und greift nicht ganz selbstverständlich zu, um diese Dinge zu befühlen? Ich kenne niemanden, der das alles nicht befühlen muss! Deshalb hat sich auch der Begriff Grabbeltisch eingebürgert. Bevor er sich zum Kauf entscheidet, braucht der Mensch einfach diesen körperlichen Kontakt. Er hat also offensichtlich ein »Befühl-mich-bitte-Gen« – die Forscher werden das noch entdecken. Damit hat er es zugegeben manchmal schwer. Wehe, er will etwas befühlen – und es wird ihm nicht gestattet. Da kommt dann das »Fass-mich-bloß-nicht-an-Gen« ins Spiel. So wird der Mensch ständig hin und her gerissen zwischen Anziehen und Abstoßen. Mutter Natur hätte das besser einrichten können. Wir sind arm dran. Immer müssen wir entscheiden und überlegen und abwägen. Das macht keinen Spaß. Auch wenn demnächst die Königin von England kommen sollte, die wir doch alle so gerne auch einmal anfassen möchten, dürften wir das nicht. Die goldene Regel wäre schon ausgegeben: Fast alles ist erlaubt, nur nicht anfassen! Fazit und Erkenntnis: Das Leben ist kein Grabbeltisch.

Briefmarke auf Abrieb

Wer glauben sollte, eine Briefmarke sei ein langweiliges Ding, hat sich eine Briefmarke noch nie richtig angeschaut. Schöne Briefmarken sind Kunstwerke und werden dem gemäß auch wie Kunstwerke behandelt und gehandelt. Ein Briefmarkensammler könnte ganze Abende davon erzählen, und wenn er fragt: »Darf ich Ihnen meine Briefmarkensammlung zeigen?« dann ist das kein unsittliches Angebot. Das ist eine ernst gemeinte Einladung zum Bewundern, Schauen und Hören interessanter Geschichten. Die erschöpfen sich längst nicht darin zu hören, wie Briefmarken richtig abgelöst und gelagert werden, und was der technischen Feinheiten mehr sind. Um Briefmarken ranken sich abenteuerliche Geschichten und auch solche zum Schmunzeln. So eine Geschichte ist die von einer bestimmten Briefmarke in der Schweiz. Die war so beschichtet, dass sich der Poststempel mühelos abwischen ließ und die Briefmarke so mehrmals benutzt werden konnte. Als die Post endlich merkte, was das ganz Besondere an dieser Marke war, hatten die Postkunden den finanziellen Vorteil, den sie aus der mehrfachen Verwertbarkeit dieser Marke ziehen konnten, schon reichlich für sich arbeiten lassen: Briefmarke sehen, Stempel abreiben, neu aufkleben und verschicken. So ein kundenfreundliches »Recyclingprogramm« war man von der Post bislang nicht gewöhnt. Leider hatte das Spiel dann ein Ende und der Gang zum Briefkasten und der Blick auf die Post barg dieses Vergnügen mit dem ungewöhnlichen Abrieb von Poststempeln nicht mehr. Langweilige Briefmarken!

Busen, oh Busen!

Ich habe heute erlösende Nachrichten für alle Frauen, die zuviel wiegen und zuviel Busen haben – allerdings nur für diejenigen unter uns, die darunter gelitten haben sollten. Für die war das nämlich viele Jahre hindurch das Schreckgespenst ihrer Spiegelbetrachtungen. Auch mehr Obst und Gemüse, Ballaststoffe und mehr Sport, alles half nichts. Den großen Busen hat das nie tangiert. Er war einfach da und schien nicht in die Zeit superschlanker Models zu passen. Irgendwann war da auch der Spott zwischen Körbchengröße und Korbgröße. Die Mitmenschen können so gemein sein! Zuerst treffen sie auf Hüften und Oberweite, dann mitten ins Herz. Das Herz aber leidet und wartet auf den Moment der Rache. Instinkte werden wach, die danach lechzen, befriedigt zu werden. Nun ist es soweit: Das Herz darf lachen, auch ohne den Rachegelüsten gefolgt zu sein. Die Oberweite darf freudig wippen. Immer mehr schlanke Frauen nämlich, so konnte ich neulich lesen, immer mehr schlanke Frauen zieht es in die Operationssäle der Schönheitschirurgen. Nicht um die Nase zu korrigieren, nicht um sich die Lippen unterspritzen zu lassen, nicht um sich das Fett von Bauch und Beinen absaugen zu lassen – nein, um sich einen größeren Busen formen zu lassen! Fettmimikry statt echten Fettes! Freuen wir anderen uns nun also über unsere Fettnatur! Welt, nun bist du wieder in Ordnung, wie bist du wieder schön! Geliebtes Fett, lass dich umarmen … du wirst schon wissen, von wem!

Das ist das Paradies?

Die Menschen sind unterschiedlich. Der eine fährt im Urlaub in die Tropen, der andere mit dem Schiff im Winter an den Polarkreis. Aber etwas ist dabei allen gemeinsam: Sie suchen das Paradies-Erlebnis, einen Ort auf der Welt, der Unvergessliches, noch nie Erlebtes verspricht. Ich dagegen bleibe auch gerne Zuhause. Warum? Die Erklärung ist einfach geliefert: In Japan, Kalifornien, im nahen Osten und noch an vielen Stellen mehr bebt die Erde. Irgendwo auf der Welt gehen immer irgendwelche Schlammlawinen oder Schneelawinen runter. Anderswo schöpfen sie ihre Keller frei weil es ununterbrochen geregnet hat. Ja, liebe Leute, da lobe ich mir als Flachlandtirolerin doch die heimische Ruhe und Zufriedenheit und diese wunderbare Abwesenheit echter Katastrophen! Auch wenige Meter über dem Meeresspiegel funkeln die nächtlichen Sterne und zwitschern die Vögel. Rotwein und Käse schmecken auch vor dem Kamin und auf der Terrasse. Meine Bücher in greifbarer Nähe. Ein Glas Wasser, eine Dusche und eine saubere Toilette immer verfügbar- welch ein Luxus! Meinen Schatz bei mir, meine Freunde in der Nähe. Sie halten das für langweilig? Aber nein: Das ist das Paradies!

Das ist so süß!

Was ist ein Süßer? Das ist keine süße Frage, aber sie wird eine süße Antwort bekommen – hoffe ich jedenfalls. Meine Schweigermutter zum Beispiel ruft ihren Mann manchmal »na, mein Süßen«. Das stammt aus dem Plattdeutschen, denn es müsste eigentlich »na, mein Süßer« heißen. Den Süßen, was also eigentlich der Süße wäre, gibt es auch. Der Süße nämlich wird allgemein doch wohl unter dem Namen Kuss gekannt. Jemandem einen Süßen geben bedeutet, ihn zu küssen. Soweit die körperlichen Möglichkeiten. Nun geht es in den Bereich der Süßigkeiten. Da ist der Süße etwas ganz anderes und kann zweideutig ausgelegt werden. »Mein Mann ist ein Süßer«, das kann nämlich bedeuten, dass er ein richtig süßer, also ausgesprochen netter, Mensch ist. Es kann aber auch bedeuten, dass er sehr gerne Süßigkeiten isst. Ein Süßer wäre dann also ein Mann, vor dem man alle Süßigkeiten verstecken muss, weil er sie sonst gnadenlos und ohne sich zu beherrschen vom ersten bis zum letzten Stück vernascht. So einer ist mein Mann und noch viele andere, die ich kenne. In diesem Sinne sind dann also sehr, sehr viele Männer einfach nur süß. Wenn das keine süße Antwort auf die oben gestellte Frage ist! Kein Widerspruch? Dann ist diese Geschichte hiermit zu Ende.

Das schmerzt!

In dieser Nacht ging es Monika schlecht. Sie wachte auf. Starke ziehende Schmerzen in einer Wade des Beines hatten den Schlaf verscheucht. Ganz schlecht war ihr vor Schmerzen von diesem schrecklichen Wadenkrampf und sie musste sich aufsetzen. Beides zusammen, der Wadenkrampf und dieses Unwohlsein erweckten in ihr große Angstgefühle. Neben ihr der Gatte, er schlief und schnarchte. Es musste sein, sie weckte ihn auf, erzählte ihm aufgeregt, wie schlecht es ihr ging. Was tat der Gatte? Er hörte verschlafen zu und murmelte etwas wie: »Das hab ich auch schon gehabt.« Dann drehte er sich um und schlief weiter. Jeder hier kann sich vorstellen, wie so ein nächtlich unsensibles Verhalten auf das Seelenleben einer leidenden Frau wirkt! Einer Frau, die jetzt so gerne erzählen möchte! Aber was sollte sie machen? Diesem Mann war nicht beizukommen. Unsere arme Monika musste mit ihrem Schmerz und Ärger allein zurecht kommen … bis zum nächsten Tag. Denn da würde sie alle ihre Freundinnen treffen, beim Kaffee in der Kirche, zusammen mit dem Pastor. Eine ideale Gelegenheit, sich Luft zu machen und das vermisste Mitgefühl für sich einzufordern. Monika beginnt also zu erzählen. Da hört sie ihren Pastor mitten in der intensiv ausgeweiteten Schilderung der Nacht lange vor dem Ende sagen: »Das hab ich auch schon gehabt.« Wieder kann sie nicht erzählen. Ach, das tut so weh!

Der Countdown läuft!

Die Leute von der NASA zählen von der Zehn herunter bis zur Null, dann startet die Rakete. Wir alle starten im Leben immer wieder durch, ohne dass jemand dabei einen Countdown zählt. Ist ja auch eigentlich nicht erforderlich, denn der Lebensweg ist keine Aschenbahn im Sportstadion, wo es nun wirklich auf die allerletzte Hundertstelsekunde ankommt und wohl kaum jemand unter uns wird zu Lebzeiten zu den Sternen geschossen werden. Trotzdem, manchmal da gibt es so etwas wie magische Zahlen, die uns begleiten. So eine begegnete mir neulich, las ich doch in der Zeitung, dass immer mehr Ehen nach der Silberhochzeit geschieden werden. Da beginnt also mit dem Hochzeitstag der Countdown in umgekehrter Richtung von unten nach oben, und wenn Ehepaare bei 25 angekommen sind, entscheidet es sich: Liebeshimmel für Fortgeschrittene oder versilberter Liebestod für grauhaarige Individualisten und Enttäuschte. Gut, der Mensch kann sich täuschen und irren, viel ertragen und viel verdrängen – aber 25 Jahre lang? Andererseits, was weiß ich, was das Leben so alles mit uns macht und bin am Ende vielleicht selbst in der Situation? Da muss vorgebeugt werden. Ich werde schön mein chinesisches Küchenbeil schärfen und dann meinem Mann diesen Text vor die Nase halten. Hoffentlich ist er so aufmerksam und versteht diese kleine, harmlose Andeutung richtig!

Der Pferdekopfnebel

Es geschehen merkwürdige Dinge in diesem Miets-
haus am Rande Hamburgs. Da läuft eine Frau mit dem
Pferdekopfnebel auf dem Oberarm über den Hausflur,
im Imkeranzug und mit Schutzhandschuhen. Die Geschichte ist nicht erfunden und gelogen. Sie begann so:
Vor Weihnachten bekam Heidi einen Weihnachtsbaum
geschenkt. Diese Tanne entpuppte sich als Piekstanne.
Ihre Nadeln waren so menschenunfreundlich stachelig,
dass Heidi sich beim Aufstellen ihre Arme zerstach. Lauter schmerzende kleine Piekser begleiteten sie durch die
Weihnachtszeit. So weit, so schlimm. Sich beim Enten-
braten verbrennen, war nichts dagegen! Aber jetzt muss
dieser Baum entsorgt werden! Wie schützt Heidi sich? So
richtig natürlich: Sie verkleidet sich in Imkerschutzklei-
dung, spricht die Tanne wütend an. Schließlich handelt
es sich hier um einen Weihnachtsbaum und nicht um
eine Stechpalme. Die beiden kommen miteinander klar.
Aber dann kommt die Treppe! Die letzten drei Stufen im
Treppenhaus haben es in sich. Stolpern, aus! Da kommt
der Pferdekopfnebel ins Spiel. Denn die Stolperstelle am
gequetschten Oberarm ist nun so blau, gelb, grün und
rot angelaufen wie diese astronomische Erscheinung im
Universum, abgesehen von der ebenfalls gequetschten
Kniescheibe. Merke: Lass dich nie mit einem stechenden
Weihnachtsbaum ein. Er sitzt immer an der längeren
Nadel!

Die Farbe Rosa

Widmen wir uns zwei erstrangigen Themen für uns Frauen: den Männern und der Mode. Was es da für ein gegenseitiges Befruchten und voneinander Lernen gibt! Das ist ernst gemeint, denn kann es etwas Anderes bedeuten, wenn modische Männer immer mehr in Rosa schimmernd daherkommen: Kein Blick in die Tagesschau, ohne dass eine rosafarbene Krawatte die Sprecher schmückt – manchmal noch passend zum rosafarbenen Hemd. Kein konservativer, liberaler, linker Politiker, den ich nicht ebenfalls in Rosa gesehen hätte. Es steht also fest, Frauen und Männer haben sich so weit angenähert, dass sogar die Farbe Rosa sie nicht mehr voneinander trennt. Das ist praktische, verwirklichte Gleichberechtigung. Das ist sogar praktische und gelebte Solidarität. Warum? Erinnern wir uns an die psychologische Einschätzung der Farbe Rosa, wie sie in vielen Standardwerken der Mode dargeboten wird. Im Positiven wird dort die psychologische Kraft von Rosa mit feminin, sanft, zugänglich und nicht bedrohlich benannt. Im Negativen dagegen mit Mitleid erregend, unwichtig, übervorsichtig und wenig selbstbewusst! Nach genauer Überlegung ist es also völlig klar, dass nur selbstbewusste und starke Männer und Frauen sich diesen psychologischen Wirkungen der Farbe Rosa aussetzen werden. Männer und Frauen in Rosa vereint, welch beglückende Aussichten.

Die Weisesten der Weisen

In alten orientalischen Märchen werden kluge, alte Männer oder sehr mächtige Männer oft mit «Oh, du Weiser aller Weisesten» angesprochen, indem man sich vor ihnen auf die Knie wirft. Das hört sich wirklich sehr gut an. Da möchte man doch gerne einmal auch so angesprochen werden und wünscht sich in so ein Märchen hinein. Denn wenn der weiseste aller Weisen spricht, haben die anderen zu schweigen und zuzuhören. Es muss das wunderbarste Baden in Bewunderung und Verehrung sein, das einem dann zuteil werden könnte. So weit ist diese orientalische Welt von unserer aber gar nicht entfernt: Wenn nach Weihnachten die drei Weisen aus dem Morgenland gerade wieder abgezogen sind, kommt die Zeit unserer abendländischen Weisen – manchmal täglich im Fernsehen. Die haben richtige, handfeste Namen, Gesichter und Titel. Sie stehen mit Rat und Tat allen Menschen zu Seite, die ihren Rat suchen. Besonders bekannt sind die Wirtschaftsweisen. Für sie ist immer Hochkonjunktur. Aber warum klappt es dann nicht mit dem durchschlagenden Erfolg? Vermutlich weil sich in unserer Gesellschaft keiner mehr vor einem Weisen auf die Knie wirft – und wenn so ein Weiser nicht gebührend verehrt wird, dann behält er vielleicht, wahrscheinlich, sicher, möglicherweise – seine besten Ratschläge für sich?

Duftgedanken

Riechen und menschlicher Geruch scheinen eine ernste Angelegenheit zu sein. Bislang dachte ich fälschlicherweise immer, das sei nur bei schlechten Gerüchen der Fall. Aber das stimmt nicht. Gerade gut zu riechen, das ist die ernste Angelegenheit! Diese Erkenntnis kam mir, weil wunderbare schöne Werbung für Parfums nicht lügen kann und wird. Schließlich soll sie ein Kaufanreiz sein. Deshalb zum Beispiel muss der ernst und undurchdringlich blickende, seinen Betrachter starr fixierende muskelgestählte Weltklassefußballspieler mit geöffnetem schwarzen Blazer über nackter Haut und nur knapp über den Hüften sitzender Jeans in der Werbebroschüre für sein neues Parfum ein positives Bild sein! Nicht einmal der Hauch eines Lächelns auch auf den Gesichtern der anderen wunderschönen Models männlicher und weiblicher Art. Alle wollen mir offensichtlich das Gefühl und den Eindruck vermitteln: Jetzt wird es aber hoch Zeit, meine Liebe, dass du die Sache mit deinem Körpergeruch endlich und wirklich ernsthaft in Betracht ziehst und dich den schönen Düften nicht verweigerst! Wenn sie mich denn alle so ernsthaft und auffordernd anschauen, will ich das gerne tun. Wenn es nämlich ernst wird, muss man es auch richtig machen. Ich blättere, bediene mich im Geiste – und komme leicht und locker zu einer gedanklichen Endeinkaufssumme von weitaus mehr als sechshundert Euro – klar, das ist eine sehr ernste Angelegenheit!

Durch die Brille gesehen

Gewöhnungsbedürftig – wem ist dieses Wort nicht schon begegnet? Wir müssen uns andauernd und immer wieder an Neues und Anderes gewöhnen, ob es uns gefällt oder nicht. Ein großer Teil dieser nicht zu ändernden Veränderungen liegt in uns selbst. Nehmen wir zum Beispiel das Sehen: Erst können wir es perfekt in die Ferne und die Nähe und dann plötzlich ist alles ganz anders. Wenn sich morgens beim Frühstück unser Gegenüber darüber beschwert, dass wir die Zeitung fast ganz über den Tisch vor seine Nase halten und er sein Frühstücksei nicht mehr ungehindert aufschlagen kann, dann ist es soweit: Eine Brille für den Nahbereich muss her. In diesem Fall heißt das komischerweise, der Mensch ist kurzsichtig, obwohl er doch kurz vor sich nichts mehr richtig erkennen kann. Der Mensch kauft sich also Brillen und Sehhilfen, um diesen Zustand zu beenden – und plötzlich kommt ihm alles ganz groß, riesig und klar vor. Bei Jan zum Beispiel war es neulich so, dass er beim Bezahlen im Restaurant dem Kellner statt des größeren Zweieurostückes ein Eineurostück in die Finger drückte. Die Entschuldigung, das sei wegen der neuen Brille passiert, ließ der Kellner mit einem Zwinkern gelten. Er philosophierte, zum Glück sei das in der Küche beim Koch nicht so, dass er wegen seiner neuen Brille nun alle Portionen halb so groß servieren ließe. Das wäre ja auch dumm. Wir könnten vermuten, er habe nicht nur eine neue Brille, sondern auch Tomaten auf den Augen …

Eine »Bombengeschichte«

Notaufnahme im Krankenhaus. Kein Ort unserer Sehnsucht. Ich bewundere die Menschen, die dort arbeiten und täglich ihren Dienst tun. Selten kommen wir mit ihnen in Berührung und wenn, dann begegnen wir ihnen mit einer Mischung aus Respekt, Ängstlichkeit und der Bereitschaft, uns über jede Kleinigkeit zu ärgern, die sich nicht mit unseren Erwartungen verträgt. Ohne es zu merken sind wir nämlich plötzlich Menschen mit dem Gefühl, von anderen völlig abhängig zu sein. Das gefällt uns selbstbewussten Modernbürgern überhaupt gar nicht. In Krankenhäusern kommen sich Menschen nahe wie sonst selten an einem Ort. Krankenhäuser sind ein Reservoir bewegender Geschichten. Eine davon ist die von den Zwillingen Hans und Max. Eine Bombengeschichte werden die später mal erzählen! Die werdenden Eltern hatten schon lange ein Krankenhaus nördlich der Elbe ausgesucht und dann musste in ihrem Wohnbezirk eine Bombe entschärft werden. Alle mussten ihre Häuser verlassen. Die werdende Mama führte das zu ihren Eltern nach Buxtehude. Eine gute Gelegenheit für das Leben und Hans und Max, ihren Eltern einen Strich durch die Rechnung zu machen: Nicht in Hamburg, in Buxtehude, im wunderschönen Alten Land, erblickten sie durch Kaiserschnitt das Licht der Welt! Aber schon am nächsten Morgen wurden Mutter und Kinder in das geplante Krankenhaus nach Hamburg zurück verlegt. Eine »Bombengeschichte« für das ganze Leben, so eine Geburt!

Eine riesige Begegnung

Es gibt interessante Tage mit interessanten Begegnungen. Sie liegen oft unmittelbar vor der Haustür und es geschieht mit uns, ohne dass wir uns darum bemühen müssen. So ging es mir heute. In einer Apotheke stand er vor mir: Ein bunter Clown zum Knuddeln mit riesigen Schuhen, gewaltiger Nase und einem noch gewaltigeren Schnuller an einer Schnur wie eine Handtasche über den Schultern hängend. Die Apotheke feiert ihr 25jähriges Bestehen, bekomme ich zu hören und deshalb ist der Clown dort. Ich bewundere ihn und seinen großen Schnuller und er gibt mir seine Karte. »Soll ich zu ihrer Silberhochzeit kommen?«, fragt er lachend , und ich weiß: Dieser Mann hat ungefähr richtig eingeschätzt, wie lange ich schon verheiratet bin. Ihm entgeht die Wahrheit also nicht. Wahrscheinlich ist dann seine Geschichte über den Riesenschnuller auch wahr, und die geht so: Er war im Riesengebirge. Dort hat er eine Riesenmutter mit ihrem Reisenbaby getroffen. Das war natürlich sehr lustig, und als er dann ging, hat das Riesenbaby ihm seinen Schnuller einfach hinterher geworfen! Er hat den Schnuller aufgehoben und mitgenommen. »Sollte ich vielleicht auch mal ins Riesengebirge fahren? Wer weiß, was mir dort alles an riesig tollen Sachen nachgeworfen wird?« frage ich. »Vielleicht ein riesig toller Mann!« meint mein netter Clown vieldeutig. »Brauch ich nicht«, lache ich ihn an. »Sie wollten doch zu meiner Silberhochzeit kommen!«

Einsichten durch Siegfrieds Garten

In Siegfrieds Garten ist der Teufel los! Das ist ungewöhnlich, denn Siegfried ist eine Seele von Mensch. Aber mit der Natur ist das so eine Sache, und nicht viele Menschen sind in der Lage, diese Brisanz zu erkennen. Siegfried kann das, und deshalb ist es so spannend, ihm zuzuhören, wie er die tollsten Geschichten aus seinem Garten erzählt: Jetzt, wo alles grünt und sprießt, da ist auch der kleine Zaunkönig unterwegs, unterwegs in Siegfrieds Garten. Er weiß nicht, dass er gerade dort genau beobachtet wird, beobachtet wird von Siegfried, der seinen Garten und dessen Bewohner ernst nimmt – zu jeder Jahreszeit! So bleibt es kein Geheimnis, dass der Zaunkönig in Siegfrieds Garten der Vielweiberei frönt! So ein Schlingel! Er baut weitaus mehr als ein Nest aus den Kokosfasern, die er sich aus Siegfrieds Blumenampeln für die Sommerblumen klaut, einfach so klaut. Wer hätte gedacht, dass so ein kleiner Zaunkönig so materielle Verführungsregister zieht, um sich bei den Damen beliebt zu machen. Er will sie damit buchstäblich anlocken. Ob ihm das gelungen ist? Sicher ist ihm das gelungen! So ein Zaunkönig weiß genau, was er tut. Der wird sich doch nicht umsonst abmühen. Allerdings geht es ihm genauso, wie es einem Menschenmann gehen würde: Am Ende kann er doch nur mit einer richtig glücklich werden. Wer diese Aussage bezweifeln sollte, an dem ist der tiefere Sinn des Frühlings so richtig gründlich vorbei gegangen. Aussagen wie: »Immer nur eine zur Zeit!« bezeichnen nämlich keinen Frühling. Sie bezeichnen Dauerfrühling – und der führt nur selten zum goldenen Herbst.

Einsichtstag

Es war mein Tag der Begegnungen und überraschenden Einsichten. Das kennt jeder. Man geht zum Beispiel über den Markt oder man telefoniert mit dem Chef, netten Kollegen oder Freunden und schon hört man die interessantesten Dinge. Nachdem ich zum Beispiel bei meinem Obsthändler kiloweise Erdbeeren eingekauft habe und wir wieder einmal über das Leben im Kleinen, im Großen und im Besonderen philosophieren, meint er ganz nebenbei: »Ja, ja, sich entwickeln heißt sich entfalten … « Wenn das keine tiefen Einsichten sind. Dann komme ich zum Schinkenstand. Auch dort werde ich neben dünn geschnittenem Schinken mit einem Spruch versorgt. Der lautet: Es ist doch besser, man hat einen zahlenden Onkel als eine Klavier spielende Tante. Ich habe beides nicht und schwer damit zu tun, die Tiefe dieses Spruches wirklich zu ergründen. Ich habe nämlich Hunger und mir knurrt der Magen. Nach dem Frühstück mit einer leckeren Scheibe Schinken auf meinem Brötchen telefoniere ich mit meinem Chef. Ich muss nach einem Weg fragen und sage ihm, dass ich den fraglichen Ort schon auf der Karte gefunden hätte. Er läge aber genau auf dem Knick zwischen zwei Seiten. Die Antwort darauf ist wieder sehr philosophisch. Alles was auf einem Knick läge, so lautet sie, sei immer ganz besonders schön und sehenswert. Ich bin überfordert. So viele überraschende Einsichten an einem Vormittag, das hält doch keiner aus!

Es grippt

Wer will schon gern eine Grippe haben – keine Grippe jetzt, keine Grippe zu Weihnachten, zu Ostern, Pfingsten, zum Geburtstag, keine Grippe überhaupt. Das bedeutet Impfung. Bei Omi und Opi kam der Arzt zum Impfen und die Sache war erledigt. Einmal etwas gepiekst werden ist wesentlich angenehmer, als im Bett zu liegen und zu leiden. Da gibt es aber noch den lieben Peter. Der geht nicht nur bei jedem Wetter spazieren, weil das gesund ist und weil er es mag. Der lässt sich auch seit vielen Jahren gegen Grippe impfen und fährt gut damit. Die Viren »übermannen« ihn nie. Neulich traf ich ihn auf der Straße, wieder einmal so richtig beneidenswert gut drauf, und ich fragte ihn nach seiner Frau. Die schlief noch. Nein, eigentlich schlief sie nicht. Sie lag im Bett und »grippte«. Für unseren Peter kein Grund zum Verzweifeln. Er gehört zu der Sorte Mensch und Mann, die in negativen Dingen noch das Positive sehen können. So auch in der Grippe seiner Frau und seiner eigenen Nicht-Grippe. Wir kamen beide sehr schnell überein, dass in ihrem speziellen Fall alles paletti sei, und zwar aus folgendem Grund: Erkrankt in einer glücklichen Ehe der eine Partner an Grippe und der andere ist dagegen geimpft, also immun, so können trotzdem immer noch Zärtlichkeiten in Form von Küsschen ausgetauscht werden – es besteht ja keine Gefahr. Der eine hat die Grippe. Der andere ist dagegen geimpft. Also nichts wie ab zur Grippeschutzimpfung, liebe Leut, sie verhindert nicht nur die Grippe – sie fördert auch die Liebe!

Es schwankt so schön

Das Leben ist bunt. Da kann der Mensch schon mal ins Schwanken geraten. Nicht umsonst nennt man ein volkstümliches Lustspiel auch Schwank. Hamburger kennen das vom Ohnsorg Theater. In einem Schwank gibt es immer etwas zu lachen, wenn alle so schön im Schwung sind. Schwanken geht aber nicht nur auf der Bühne. Schwanken geht auch im Leben, im ganz normalen Alltag. Das kann immer dann geschehen, wenn wir nicht so sicher auf den Beinen stehen – Möglichkeiten lassen sich mit wenig Phantasie ausdenken. Es geht aber auch beim genauen Gegenteil. Dann nämlich, wenn wir so sicher auf den Beinen stehen, dass wir gekonnt hin und her schwanken können, ohne umzufallen. Das habe ich neulich erlebt. Ach, wie konnten diese schönen Mädchen herrlich schwanken! Hin und her, her und hin! Ihr Gang war so unnachahmlich schwankend und sie schwenkten ihren Körper dabei so unnachahmlich grazil und leichtfüßig, dass ich neidisch geworden bin. Wie geht das nur, auf haushohen Pfennigabsätzen in spitzen Schuhen mit nur feinen, kleinen Riemchen um die Füße und Fesseln – und dann so schwanken und schwenken, dass alles wippt und zippt und nichts knickt und knackt! Das muss eine Gabe der Feen sein, in die Wiege gelegt mit den Worten: Du sollst einmal eine Meisterin der Schwerkraft sein und die Menschen als Mannequin betören. Bei mir ist keine an der Wiege gewesen …

Extravagant

Wer ist nicht gerne ab und zu extravagant? Die Gewinner des Grand Prix 2006 bestimmt, denn sie fallen aus dem Rahmen des Üblichen heraus – wenn man die Meinung teilt, dass das Tragen von Horrormasken nicht als übliche Verhaltensweise und Schmuck beim Schlagersingen zu werten sind. Aber es gibt noch viel mehr Beispiele für extravagantes Verhalten, das wir nicht so ohne weiteres auf den ersten Blick erkennen und uns dazu eine Meinung bilden können. Damit wären wir dann zwar nicht beim Grand Prix erfolgreich, hätten aber in unserem ganz persönlichen Alltag Erfolgserlebnisse. So etwas versteckt sich in jedem von uns, glauben Sie mir – auch in ihnen vielleicht! Es ist zum Beispiel hochgradig extravagant, wenn jemand auf seinen Reisen in den Hotels die Duschhauben sammelt! Das tun Männer und Frauen gleichermaßen, wie ich inzwischen gehört habe. Die Männer sammeln sie für ihre Frauen, die Frauen für sich – denn so eine Duschhaube kann Zuhause einer sehr extravaganten Nutzung zugeführt werden: Sie dient dazu, Teller mit Wurst, Käse und anderen Kleinigkeiten perfekt abzudecken, bevor man sie in den Kühlschrank stellt. Wenn das nicht aus dem Rahmen des Üblichen herausfällt! Denn es ist doch wohl ungewöhnlich ausgefallen, eine Duschhaube als Lebensmittelschutz zu benutzen. Merke: Die Welt ist voller Extravaganzen, horrormäßig öffentlich oder Käsegeruch verhindernd hinter Kühlschranktüren, denn das Ungewöhnliche lauert überall – auch hinter Kühlschranktüren!

Falsch erzogen

Ich habe versagt! Ich habe meine Kinder völlig und total falsch erzogen! Nun stehe ich vor den Scherben meiner Erziehung. Hätte ich doch bloß nicht nachgegeben, damals, als mein Sohn Talente im Tennisspielen an den Tag legte, aber keine wirkliche Lust hatte, vier Stunden täglich zu trainieren. Zwingen müssen hätte ich ihn. Überzeugen müssen hätte ich ihn. Wie viel Geld und Ruhm sind ihm vielleicht durch die Lappen gegangen. Stattdessen habe ich ihn davon überzeugt, dass das Abitur noch immer eine der besten Voraussetzungen für berufliche Karriere sei. Auch die Fußballspielerkarriere habe ich ihm vermasselt. Ich fasse es nicht. Wie konnte ich nur so dumm sein. Da stände der Ferrari vielleicht schon in der Garage und die Finca auf Mallorca im Grundbuch. Wie kann ich das nur wieder gut machen in diesen Zeiten, wo alle ihre beruflichen und Renten absichernden Chancen bereit sind, mit der Lupe zu suchen? Mannequin wäre auch noch eine Möglichkeit gewesen. Aber was soll man machen, wenn Mutter Natur uns entweder zu breit oder zu klein geraten lässt? Das Richtige erkennen zur richtigen Zeit und dann auch noch das Richtige tun, grenzt an ein Wunder. Ratlosigkeit, du lässt unsichere Menschen zurück. Ich habe versagt!

Fastengedanken

Es ist gerade 23 Uhr. Das ist nichts Besonderes, aber doch etwas Besonderes. Die letzte Flasche Rotwein ist ausgetrunken. Nein, nicht die allerletzte des Lebens, aber die letzte Flasche für viele Tage. Fasten ist angesagt. Fasten im Sinne von: Verzichten auf etwas Schönes für begrenzte Zeit – auch wenn Martin Luther der Meinung war, man könne zu jeder Zeit alles essen. Nun werden mir Rotweinkenner nie und nimmer widersprechen, wenn ich Rotwein als etwas Köstliches darstelle. Köstlichkeiten in Maßen genossen haben den Rang paradiesischer Genüsse. Es gibt Menschen, die kennen sich geschmacklich so weit darin aus, dass sie den Wein erschmecken können: Anbaugebiet, Lage, Rebe, Jahr … Meine Stimmung heute Nacht können sie allerdings nicht erraten. Begrenzter Abschied von einem Bouquet von Geschmacksnuancen zwischen Brombeere, Johannisbeere, Erde, Wald und viel südlicher Sonne im Bordeaux. Meinem lieben Kollegen Andreas kann das nicht passieren. Er war sich bei meiner Nachfrage ganz sicher, dass er auf guten Wein sicherlich nicht verzichten wolle, höchstens verzichtet er auf Blutwurst. Meine Freundin Karin könnte das wiederum nicht verstehen. Auf Blutwurst verzichten? Niemals! So ist das mit dem Fasten. Was für den einen der Rotwein, ist für den anderen die Blutwurst.

Fehlgeleitet

Früher hatten Menschen mit schwer kontrollierbaren, überschüssigen Energien mehr Möglichkeiten, sich auszutoben und dadurch wieder zu einem seelischen Gleichgewicht zu gelangen: Holz hacken half; Garten umgraben, harken und jäten; mit dem Fahrrad durch die freie und endlose Natur radeln … Heute gibt es das Internet. Es hat von allem etwas mit einem kleinen Nachteil: Es ist wie Holz hacken, es ist wie Garten umgraben, es ist wie Rad fahren – nur der Mensch bewegt sich nicht dabei. Das ist der Grund, weshalb solche Menschen mit überschüssigen Energien sich zwar im Internet austoben, aber nicht zur Freude ihrer Mitbürger und Mitleser. Die Energien stecken sozusagen im Sessel fest und das tut den Gedanken nicht gut. Sie werden unter das Gesäß fehlgeleitet und der betroffene Mensch glaubt, er tut seinen Mitmenschen etwas Gutes, dabei nervt er sie nur stets und ständig und ohne die Einsicht in sein Handeln. Das ist der wahre Grund, warum wir dauernd Post von Leuten zu bekommen, die nicht nur exotische Namen tragen: Aline V.Modernism, Gobi A.Domestication oder Rechtabteilung Kündigung zum Beispiel. Wir müssen es auch ertragen, unsere Lebenszeit damit zu verbringen, diese unerwünschten und auch schädlichen Müll-mails zu löschen. Der einzige Gedanke, der dabei noch Freude bereitet, ist der: Um uns ist es noch nicht so schlimm bestellt. Wir haben es noch nicht nötig, unsere überschüssigen Energien durch unser Gesäß abzuleiten. Das tröstet.

Frühstück 007

Meist übersehen wir Supermänner, wenn sie uns im Alltag begegnen, weil wir nicht damit rechnen, ihnen im Alltag zu begegnen. Das ist eine Frage der Psychologie. Wenn wir dagegen im Kino sitzen und auf die Leinwand starren, dann nehmen wir gerne am Leben eines Supermannes teil. Auch das ist eine Frage der Psychologie. In Wirklichkeit sollten wir Frauen viel mehr Sinn dafür entwickeln, wie viele Supermänner uns in unserem ganz normalen Alltag über den Weg laufen und das nicht gering schätzen. Woran also erkennt die Frau im Alltag einen Supermann? Im Alltag wie im Kino muss ein Supermann nicht unbedingt gut aussehen – das ist sowieso relativ und jede wirklich kluge Frau weiß das sehr genau. Aber gerade diese Tatsache erschwert das Erkennen eines Supermannes gewaltig. Sich auf die nicht sichtbaren Qualitäten zu konzentrieren, das erfordert es nun einmal, einen Mann näher zu kennen, jedenfalls mehr als nur einmal einen Blick über den Fußweg zu schicken. Manchmal hilft da der Zufall. Neulich, da bin ich mir ganz sicher, bin ich einem Supermann begegnet. Wir saßen uns beim Frühstück gegenüber – es war harmlos, nicht wie sie vielleicht meinen könnten – er ergriff seinen Joghurtbecher elegant mit der rechten Hand, schüttelte ihn durch, öffnete ihn dann, um ihn zu verzehren. Da machte es klick bei mir: geschüttelt und nicht gerührt? Ein James Bond am Frühstückstisch? Aber klar, James Bond geht auch mit Joghurt – zumindest fing es morgens damit an …

Furchtlose Tauben

Endlich kommt der Regen. Die Wolken haben sich grau, schwarz, stellenweise fast gelblich zusammengebraut. Es prasselt mit Macht auf den Rasen, die Blüten, die Blätter, auf die Steine und Straßen. Endlich kühlt es sich ab. Schon nach wenigen Minuten scheint das gelbe Grün des Rasens wieder satter grün zu werden. Das Wasser fließt die Straße entlang und verschwindet rauschend im Gulli am Straßenrand. Alle haben schnell die Fenster geschlossen. Die Gewitterböen sollen nicht in die Räume fegen und mit ihrer Kraft Unheil anrichten. Die leichten Plastikgartenstühle wurden zusammengestellt, die Tischdecken von den Gartentischen genommen. Windböe um Windböe fegt durch die Gärten, die Straßen, nimmt mit und verweht, was lose und locker ist oder nicht so schnell in Sicherheit gebracht werden konnte. Das ist ein richtiger Gewittersturm, wie ihn keiner wirklich mag. Es kracht, donnert und blitzt. Ich stehe hinter dem Fenster und schaue auf das gegenüberliegende Haus. Auf dem Dachfirst stehen zwei Tauben. Haben sie nicht mitbekommen, dass Gewitter ist? Sie stehen dort unbeweglich und ruhig, als hielten sie gerade ein Schwätzchen miteinander. Fehlt nur noch, sie breiteten ihre Flügel aus, um sich im Regen so richtig schön abkühlen zu lassen. Sie stehen da und stehen und stehen. Dieses schreckliche Gewitter macht ihnen anscheinend nichts aus und ich erkenne: Warum sollte ich mich fürchten, wenn sich doch diese kleinen Tauben so gar nicht zu fürchten scheinen!

Ganz sicher Sicherheit

M it der Sicherheit ist das so eine Sache. Erst wollen wir sie haben und dann fühlen wir uns erst so richtig wohl, wenn wir sie missachten können. Aber nur wir selbst, höchstpersönlich. Den anderen Mitmenschen ist das natürlich nicht gestattet. Nehmen wir zum Beispiel den Sicherheitsabstand im Straßenverkehr. Da muss die entscheidende Frage in den Raum gestellt werden: Warum heißt der Sicherheitsabstand eigentlich Sicherheitsabstand? Rein oberflächlich betrachtet lässt sich diese Frage ganz einfach beantworten und ist jedermann einsichtig: Der Sicherheitsabstand heißt Sicherheitsabstand weil er uns nicht nur ein Gefühl der Sicherheit geben soll, sondern weil er das Autofahren auch sicherer macht, wenn Autos mit hohen Geschwindigkeiten hintereinander unterwegs sind – und was können Autos schon anderes, als hintereinander unterwegs zu sein. Aber das ist eine langweilige Antwort. Wer viel Auto fährt, hat eine viel treffendere Antwort: Der Sicherheitsabstand heißt Sicherheitsabstand, weil man ganz sicher sein kann, dass immer dann ein netter Autofahrer mit seinem Pkw in den Sicherheitsabstand hinein fährt, wenn es einen Sicherheitsabstand gibt. Denn nur der Sicherheitsabstand ermöglicht es dem nachfolgenden Autofahrer dann noch kurzfristig so zu reagieren, dass es zu keinem Auffahrunfall kommt. So ist das im Leben. Unterschiedliche Betrachtungsweisen gehören zum Alltag. Da kann man ganz sicher sein!

Gesungsprochenes

Singen sie in einem Chor mit? Wenn ja, dann werden sie wissen, wovon ich schreibe. Wenn nein, dann begeben sie sich einfach mit Schlittschuhen auf ein Eis, das sie noch nicht kennen, und erleben etwas aus der Perspektive des Machers mit, was sie sonst nur aus der Perspektive des Zuhörers kennen: Es handelt sich um eine Chorprobe! Das Einsingen mit komischen aber sinnvollen Wortsilben ist vorbei: die To-, die To – die Tonne. Die Wo-, die Wo- die Wonne. Wir befinden uns mitten in der Probe und lauschen den Gesängen, die gerade so aus den Kehlen der Sänger entschlüpfen. In dem sehr bekannten Lied »The lion sleeps tonight« hat der Schreiber des Liedsatzes zu schwierigen Lauten gegriffen: Wim-o-wee, o-wim-o wee … soll der Chor singen. Der Chor singt. Er weigert sich auch nicht, als es um Laute wie mh-ba-ba-da-mh-ba-da geht. Noch in derselben Probe verlangt der Chorleiter von seinen Sängern so gewöhnungsbedürftige Laute wie dm z dm z ga doo bi dm dm z dm z doo … zu singen. Das dazugehörige Lied heißt »El condor pasa«. Sie müssen es mir wirklich glauben. Das Endprodukt, das gesungene Lied, ist wunderbar! Es fließt, schwingt, singt, swingt, es fasziniert seine Zuhörer und führt sie in das Land der Töne, in dem Träumen angesagt ist. Es ist die Wo, die Wonne, dm z dm z doo!

Grün ist …

Obwohl es in anderen Teilen unseres Landes noch immer und schon wieder geschneit hat, bricht bei uns nun endlich doch die grüne Zeit an. Das ist schön. Schließlich wollen wir alle es nicht verlernen, den Namen Frühling zu buchstabieren. Ostereier im Schnee zu suchen, das ist keine schöne Angelegenheit – nicht für die Eier, nicht für die Eierverstecker und nicht für die Eiersucher! Jetzt endlich ist es also wieder einmal Zeit für die Farbe Grün! Auf dem Markt konnte ich das neulich hautnah, eigentlich fingernagelnah, erleben. Da stand am Stand mit vielen schönen Blumen eine Verkäuferin, die hatte doch tatsächlich ihre Fingernägel grün lackiert. Nicht rasengrün, nicht flaschengrün, nicht chlorgrün, nicht opalgrün, nicht mattgrün, nicht signalgrün, nicht smaragdgrün, nicht tannengrün, nicht froschgrün, nicht erbsgrün, nicht salatgrün … Es war dieses schöne, weiche Grün des Chrysoprassteines – aus der Familie der Calcedone – und ich war tief beeindruckt! Soll ich oder nicht, das ist seither die Frage. Da steht auf dem Markt eine Frau, die hat den Mut, sich ihre Fingernägel in der Frühlingsgarbe Grün anzumalen. Ich frage sie ganz einfach. »Fühlen Sie sich wohl mit grünen Fingernägeln?« Sie schaut mich an, lacht überrascht und antwortet spontan sofort mit »Ja«. Es folgt ihre Geschichte: Jahrelang hat sie nach grünem Nagellack gesucht, bis es ihn endlich gab, und hat sich dann sofort ihre Fingernägel grün lackiert. Eine Blumenverkäuferin mit grünen Fingernägeln, das passt. Ich schweife in Gedanken ab und frage mich, welche Fingernagelfarbe wohl zu welchem Beruf passt – und besonders, welche wohl zu meinem …

Höflichkeit?

Höflichkeit, was ist Höflichkeit? Es gibt Leute, die behaupten, Höflichkeit sei das Gegenteil von Ehrlichkeit. Ein ehrlicher Mensch mache sich seine Mitmenschen immer und überall zu Feinden. Ein höflicher Mensch hingegen könne abwägen, wann es richtig ist, ehrlich zu sein und wann es besser, also höflicher und auch menschlicher ist, nicht immer das zu sagen, was man wirklich gerade denkt. Ein Alltagsbeispiel: Die Verkäuferin betrachtet ihre Kundin in dem neuen, viel zu kleinen Kleid und sich verzückt vor dem Spiegel drehend. Was sagt sie? Ehrlich: Dieses Kleid ist viel zu klein für Sie. Höflich: Sie nickt bejahend und zustimmend. Das ist falsch. Solche Momente müssen doch Momente der Ehrlichkeit sein! Wenigstens Frauen sollten sich aufeinander verlassen können –aber was, wenn die andere Frau eine Verkäuferin ist? Wir merken ganz klar und deutlich – die Dinge sind schwierig, mehr als schwierig. Ich wünsche mir ja auch nicht, dass mein Mann morgens zu mir sagt: »Heute siehst Du aber nicht gut aus, schlecht geschlafen, was?« Eher könnte ich es akzeptieren, wenn er fragt: »Du Arme, hast heute wohl auf einem zerknitterten Kopfkissen geschlafen … « Besser aber wäre, er schweigt! Der kleine Mann neulich konnte auch nicht schweigen. Ich war zu Besuch bei seiner Mami, viel zu lange zu Besuch bei seiner Mami. »Wann geht Johanna denn nun endlich?«, war seine unerbittliche Frage nach zwei großen Taschen Milchkaffee. Ehrlichkeit und Höflichkeit, ihr seid schon ein schwieriges Paar!

Hundeglück

Hundegeschichten als Nachlese zu Weihnachten gefällig? Da ist zum Beispiel mein Hund, Herkules mit Namen und ein Foxterrier. Er machte sich heimlich still und leise in einer Weihnachtsnacht über eine Tafel Schokolade her. Sie lag auf dem flachen Couchtisch, war eine Vollmilchschokolade feinster Güte und wog etwa dreihundert Gramm, als er sie entdeckte. Es fehlte ihr nur ein Riegel, als wir sie nachts alleine auf dem Tisch liegen ließen. Morgens war der Inhalt weg, das Silberpapier und das Einwickelpapier fein zerbissen auf dem Boden unter dem Tisch, Herkules ruhig schlafend in der Garderobe und überhaupt nicht hungrig. Seither ignoriert er uns jeden Abend, wenn wir ins Bett gehen. Er bleibt im Wohnzimmer und erkundet dort wohl noch sein Leben lang die Möglichkeiten für eine geheime nächtliche dreihundert-Gramm –Schokoladenmahlzeit. Von einem anderen Hund hörte ich, dass er den gesamten Weihnachtsteller seines Herrchens aufgefressen haben soll. Diesem Hund schmeckte allerdings auch das Silberpapier der Schokolade und die anderen Verpackungen der kleinen Süßigkeiten. Das Herrchen, so hat er uns berichtet, fand erst dann wieder zu seiner Weihnachtsruhe und konnte richtig schlafen, als er die mit Silberpapier durchsetzten Häufchen seines Lieblings im Garten fand. Merke: Wenn's im Hundehäufchen blitzt, Herrchen nicht mehr Angstschweiß schwitzt!

Ich ruf meinen Mann an

Das Leben scheint so dann und wann immer mal wieder Vorurteile zu bestätigen. Da ist zum Beispiel die Aussage: Frauen verstehen nichts von Technik. Solche Aussagen stimmen immer und stimmen immer nicht, denn sie sind so allgemein, dass sie nicht aussagekräftig sind: Im Leben gibt es immer wieder Ausnahmen, die von einer allgemeinen Aussage nicht erfasst werden. In diesem Fall sitzt da eine Frau in der Autowerkstatt dem Meister gegenüber, der ihr gerade erklärt, was an ihrem Auto zu reparieren sei. Mit unvergleichlichem Charme sagt diese Frau dazu: »Warten sie mal, ich rufe meinen Mann an, der ist dafür der Fachmann und kann das besser verstehen als ich.« Griff zum Handy, Handy über den Schreibtisch gereicht, Mann am anderen Ende hört zu. So einfach ist es, sich in einer Situation zurechtzufinden. Ich behaupte, das oben genannte Vorurteil bestätigt sich hier nur auf den ersten, nicht in die Tiefe gehenden Blick. In Wirklichkeit handelt diese Frau sehr klug und clever und es ist überhaupt nicht bestätigt, dass sie nichts von Technik versteht: Erstens gibt sie zu, etwas nicht zu können, das ein anderer viel besser kann. Wann hätte man das von einem Mann je öffentlich erlebt! Zweitens zeigt sie Liebe und Vertrauen zu ihrem Mann, den sie als Hilfe und Stütze in technischen Fragen voll zu akzeptieren scheint. Drittens lobt sie ihren Mann vor anderen und lässt ihn damit öffentlich in einem überaus positiven Licht erscheinen. So eine Frau zu haben ... das ist doch lebenstechnisch betrachtet nicht zu überbieten!

Im Nebel der Zeit

Als die erste Eisenbahn mit etwa zwanzig Kilometern in der Stunde durch die Landschaft fuhr, hagelte es Proteste und Bedenken. Zu schnell, viel zu schnell sei das. Heute bekommen Eisenbahnliebhaber sehnsuchtsvolle Augen, wenn sie eine alte Dampflok sehen. Zum Fahren von Ort zu Ort benutzen sie die modernen und so viel schnelleren Verkehrsmittel. Von den alten wird geträumt. Nostalgische Gefühle, wer kennt die nicht. Ich bekomme sie immer beim Anschauen alter Filme. Dort haben Fortbewegungsmittel jeglicher Art besonders in Liebesfilmen immer eine wichtige Rolle: Aus dem Zugfenster winkend im zurückbleibenden Dampf der Lok entschwinden – das hat was. Auf einem Pferd reitend in die Abendsonne auf und davon, wem kommen da nicht Tränen der Rührung. Unter vollen Segeln auf das weite Meer hinaus, wer möchte da nicht mit dem nassen Taschentuch winken? Heute wird nicht mehr davongeritten, davongesegelt und mit der Dampflok »davongenebelt«. Heute wird davongefahren, schnell und mit aufheulendem Motor und die zurückbleibenden Auspuffgase haben im Vergleich zu den nebeligen Schwaden einer Dampflok null Komma nichts Romantisches. Spinnen wir in die Zukunft. Wenn unsere Urur … enkel einmal alte Filme sehen werden, was wird ihnen fremd vorkommen? Worüber werden sie schmunzeln und lachen? Ach, das liegt im Nebel. Nicht im Nebel der Dampflok, aber im Nebel der Zeit.

Im Sprichwortdschungel

Gerade gehe ich im Sprichwortdschungel spazieren. Es begegnet mir die Lüge mit den kurzen Beinen und ich frage sie, ob sie heute auch schon darüber nachgedacht hat, dass man die Kleinen hängt und die Großen laufen lässt. Sie verneint meine Frage und stolziert weiter in das Dickicht hinein. Ich dagegen verschiebe nicht auf morgen, was ich heute kann besorgen, und setze meinen Weg fort. Schließlich muss man, wenn man A gesagt hat, auch B sagen. Das ist so klar wie Kloßbrühe und da beißt auch keine Maus einen Faden ab. Da begegnet mir der geschenkte Gaul, dem auch heute noch keiner ins Maul geschaut hat. Er ist ziemlich traurig darüber, denn er weiß, gerade in seinem Maul und an seinen Zähnen entscheidet sich sein Wert. Mir ist das heute aber doch zu unappetitlich und ich lasse ihn unangeschaut weiter traben. Ich habe nämlich noch eine Verabredung und wenn ich da zu spät komme, dann bestraft mich das Leben. So ist das im Sprichwortdschungel. Immer begegnen einem die interessantesten Lebewesen. Die wissen natürlich alle, dass wo ein Wille ist, auch ein Weg ist, selbst im dichtesten Dschungel! Sie bleiben in Bewegung, denn wer rastet, der rostet und sie haben so schnell nicht die Nase voll. Alles in allem war es also wieder ein schöner Spaziergang. Ich habe ihnen natürlich nicht das Blaue vom Himmel gelogen und selbst wenn, bis sie mir das nachgewiesen hätten, wäre schon so viel Wasser den Berg hinunter geflossen, dass selbst diese Zeilen, die sie gerade lesen, im Sprichwortdschungelmatsch nicht mehr zu erkennen wären …

In den Spargel gebissen

Sind sie gut im Spargelschälen? Mit dem Spargelschälen ist das so wie mit dem Kartoffelschälen, dem Gurkenhobeln oder dem Möhrchenschrapen: Wenn bei der Arbeit nicht das Genießen beim Essen im Vordergrund steht, sondern nur der Gedanke daran, diese Arbeit möglichst schnell hinter sich zu bringen, dann kommt nichts wirklich Gutes dabei heraus! Spargel gut zu schälen, das ist allerdings Meisterklasse. Wehe dem Schälenden, wenn sich auf den Tellern der Tafel die Spargelreste nur so häufen! Dann war das kein schlechter Spargel, nein: Der Spargel war schlecht geschält. Er zeigt unseren Zähnen deutlich, wo er das Holz sitzen hat und – wo er es zum Verweilen bringen kann. Das mag ein Genuss für jede Zahnlücke sein, die endlich einmal gefüllt wird. Ein Genuss für den Spargelgenießer ist es nicht – außer Opa sitzt am Tisch und macht Späße mit seinem Gebiss. Er bedauert nämlich lautstark, dass er sich die Spargelreste nicht aus den Zähnen ziehen kann und er fragt nach, ob jemand daran interessiert sei zuzuschauen, wie er das Problem löst. Er hat keine Hemmungen, genau zu beschreiben, wie es das Zuhause immer macht. Er müsste dann sein ganzes Gebiss heraus nehmen und … aber nein, lenkt er ein, das will er der Tischgesellschaft nun doch nicht zumuten!

Indizfaktor auf vier Beinen

Woran erkennt die Frau, dass sie sich für den richtigen Mann entschieden hat – oder anders formuliert: Gibt es ein sicheres Indiz dafür, dass es der Richtige für das ganze Leben sein könnte? Die Lösung dieser Frage gibt viel Spielraum für erfinderische Zeitgenossen. Mit einem praktikablen Ergebnis, einem Indizfaktor, könnten sie sich eine goldene Nase, was sag ich, eine diamantene, eine smaragdene Nase verdienen! Leider ist das noch nicht geschehen. Aber es gibt immer wieder Ansätze auf dem Weg zu einer befriedigenden Lösung. Einen davon habe ich gefunden, denn das glückliche Beispielpaar ist mir neulich begegnet und es feiert in diesem Jahr Silberhochzeit. Erfolgsgarantie 25 Jahre, das ist nicht wenig. Die Geschichte muss also kurz erzählt werden: Als beide sich kennenlernten, hatten sie schon eine unglückliche Beziehung hinter sich. Wenn sich zwei gebrannte Kinder treffen, dann sagt der Kopf: Vorsicht! auch wenn das Herz liebt. Aber da gab es ja noch den Indizfaktor, ohne den es wahrscheinlich nicht geklappt hätte. Der Indizfaktor war klein, hatte vier Beine, ein weiches Fell und schnurrte munter in der Gegend herum. Es war eine Katze. Georg hatte diese Katze und lebte schon lange mit ihr. Als Rana sah, wie liebevoll er mit seiner Katze umging, hatte sie keine Zweifel mehr. Sie brachte ihre Katze mit. Als die kleinen Katzen nicht mehr ohne einander spielen wollten, wollten es auch die Großen nicht mehr. Merke: Klappt's mit der Katze, klappt's auch mit der Frau!

Internet auf zwei Beinen

Es ist richtig und unwiderlegbar: Die Freuden des Internets kommen immer auf zwei Beinen daher. Auf zwei Beinen? Auf zwei Beinen! Außerdem füge ich hinzu: Bislang kamen sie bei mir immer auf männlichen Beinen daher. Dabei kommt es nicht auf die Schönheit der Beine an. Sie müssen nur laufen können und ein bisschen Muskelansatz an den richtigen Stellen ist auch erforderlich. Nun soll das Rätsel aber gelöst werden: Die Beine, die ich meine, gehören all den namenlosen Männern und Frauen, die mit kleinen und großen Kombilastkraftwagen oder Postfahrrädern unterwegs sind, um die Waren auszuliefern, die im Internet bestellt worden sind. Was wären ebay – Käufer und ebay – Verkäufer ohne diese Männer? Gar nichts wären sie. Was wären all die Stunden des Bietens, Zockens, Stöberns und Suchens im Internet ohne diese Menschen? Gar nichts. Denn am Ende ist nicht das Internet gefragt, sondern die »leibliche« Ware im Paket, in den Händen, auf dem Tisch. Es ist also nicht das Internet, dass das Internet so nett macht. Es sind diese vielen zweibeinigen fleißigen Männer und Frauen, die letztendlich all die Wünsche von uns sitzenden Stubenhockern erfüllen, indem sie Wind und Wetter nicht scheuen, schwitzen und frieren in Kauf nehmen, Treppen steigen, Lasten tragen, es riskieren, sich von Hunden beißen zu lassen, und dabei immer noch lächeln und uns einen guten Tag wünschen, wenn sie von dannen ziehen. So ist das mit dem Internet. Es braucht immer zwei Beine.

Ist Schweigen Gold?

Ich habe eine Freundin, die redet gerne. Es macht Spaß, mit ihr zu reden, weil es ihr Spaß macht zu reden. Wie schnell vergeht die Zeit, wenn wir zusammen sind. Was gibt es nicht alles zu erzählen und zu berichten. Nicht nur Klatsch und Tratsch, nein, wir führen richtige Gespräche! Wer andere Dinge behauptet, kennt uns Frauen nur nicht. Wir sind nämlich deshalb kommunikativ, weil wir uns auch gegenseitig für unsere menschlichen Seiten interessieren – und wenn frau erst einmal angefangen hat, über menschlich allzu Menschliches zu reden, dann kann der Abend länger werden, als mehrere Gläser Bier und gerauchte Zigaretten am Männerstammtisch hergeben! Es ist doch immer wieder das Menschliche, bei dem es sich lohnt, in Abgründe abzutauchen. Bei solchen Gesprächen kommen dann manchmal auch völlig unerwartete Informationen zutage. Da erzählt mir doch diese Freundin so nebenbei, dass sie in Urlaub geht. Eine angenehme Sache, in Urlaub zu gehen. Dann erzählt sie aber, sie geht ins Kloster. Auch nicht schlecht, warum nicht. Dann erzählt sie aber weiter: Sie geht ins Kloster, um eine Woche lang zu schweigen! Ich muss ihr das glauben, weil sie mich nie belügen würde. Warum bloß kann ich mir nicht vorstellen, dass sie eine Woche lang schweigen will und das auch noch gut findet? Ich werde in mich gehen, schweigend und total nachdenklich und mir ihr darüber reden – wenn sie in alter Form wieder Zuhause sein wird!

Kaninchenlatein?

Bei der nun folgenden Geschichte weiß ich nicht, ob sie wahr ist oder nicht. Sie wurde mir erzählt und erzählen kann der Mensch bekanntlich viel. Aber schön ist sie – wenn auch nicht für das arme Kaninchen. Also: Da kommt eines Morgens der Hund zu seinem Herrn und hat ein dreckiges totes Kaninchen in der Schnauze. Der Herr ist entsetzt. Sein Hund und Kaninchen töten? Niemals! Außerdem lässt ihn der zweite Blick erschauern. Das ist das Kaninchen seines Nachbarn. Wenn das rauskommen sollte. Das darf nicht sein. Er nimmt das tote Kaninchen, wäscht sein Fell, fönt es trocken und legt es beim Nachbarn wieder in den Kaninchenstall. Die Sache ist bereinigt, denkt er sich: Kaninchen zurück mit sauberem Fell – reine Weste für seinen Hund. Wo kein Kläger, ist kein Richter. Am nächsten Morgen steht der Nachbar, der Besitzer des toten Kaninchens, fassungslos und verwirrt vor der Tür seines Nachbarn. Ich weiß nicht, ob es nötig war, einen Kaffee anzubieten, tröstende Worte zu sprechen oder gar eine Flasche Schnaps zu leeren. Der Kaninchenbesitzer erzählt jedenfalls folgende Geschichte: Das Kaninchen war gestorben. Da hat er es genommen und im Garten vergraben. Aber heute morgen, als er beim Kaninchenstall war, da lag das tote Kaninchen mit sauberem Fell wieder in seinem Stall, einfach so. Falls die Geschichte nicht wahr sein sollte, handelt es sich ganz klar um eine Variante des Jägerlateins, das Kaninchenlatein …

Knustiges

Im Duden steht, dass der Knust eine Brotkante ist. Was ist das für eine prosaische Ausdrucksweise. Wir Knüsteliebhaberinnen und Knüsteliebhaber finden für einen Knust weitaus schönere Bedeutungsebenen. Ein schöner Knust ist mit Abstand das Beste, was ein Brot zu bieten hat! Widerspruch nicht zugelassen. Ein Knust verbindet das Frische und Weiche eines Brotes mit dieser unnachahmlich feinen, braun gebackenen Kante ein und desselben Teiges in vollendeter Manier. Erst diese feine braune Kante, genannt Kruste, macht das Brot zu einem Brot. Sie ist die Haut, die den Brotkörper umschließt, und ihn dadurch erst genießbar macht. Ohne Kruste kein Brot. Argumentieren Sie jetzt nicht: ohne Brotinnenleben keine Kruste. Knüsteliebhaber werden das nie akzeptieren. Sie ließen sich nie auf diese Diskussion ein, die letztlich bei der Frage endet, was denn wohl zuerst da war, das Huhn oder das Ei. Es ist für uns ganz klar, dass die Kruste das Wesentliche ist, denn sie führt zum Knust. Teig, Kruste und Knust sind das Dreigestirn der Brotbäckerei. Jetzt wissen sie genau Bescheid. Wenn das nächste Mal beim Bäcker jemand vor ihnen steht und die Verkäuferin nicht nach einem Brot fragt, sondern mit sehnsuchtsvollen Worten nach den Knüsten, die beim Brotschneiden immer übrig bleiben, weil keiner sonst sie haben will, dann werden sie sich verständnisvoll an mich erinnern und denken: Jetzt kenne ich schon zwei Knustverrückte ... es sei denn, sie gehören auch dazu – dann wären wir drei!

Kompetentes!

Der Fußball ist rund. Deshalb benötigt der Fußball zum Rollen auch eine ebene und freie Fläche. Spielt der Mensch mit einem Fußball auf einer nicht ebenen und freien Fläche, hat das nichts mit Fußball zu tun. Wie sollte ein Spieler zum Beispiel in ein Tor treffen können, das hinter dem nächsten Hügel steht? Wie sollte er außerdem elegante Querpässe und wunderbare Kopfbälle spielen können, wenn die anvisierten Spieler nicht auf Augenhöhe mit ihm agieren, sondern zwischen Büschen und Bäumen herumirren? Es ist also mehr als sonnenklar, dass der Fußballspieler ein ebenes und freies Fußballfeld benötigt. Fußball und glatter, weitläufiger Rasen, das gehört so eng zusammen wie Kartoffel mit Sauce, wie Brot mit Butter oder wie Eis mit Sahne – nach meinem Geschmack jedenfalls. Untrennbare Dinge darf man nicht trennen. Untrennbare Dinge müssen im Gegenteil immer mehr in ihrer Gemeinsamkeit wahrgenommen und gestärkt werden. Deshalb habe ich es auch als nur mittelmäßig Fußballgebildete sofort verstanden, dass es für die Fußballweltmeisterschaft 2006 in Deutschland ein Rasenkompetenzteam gab. Das scheint mir ein sehr wichtiges Team gewesen zu sein. Ohne kompetent gepflegte Rasen kann es wohl keinen weltmeisterlichen Fußball und überhaupt keinen Fußball geben. Deshalb soll an dieser Stelle allen Rasenkompetenzteams die Ehre gegeben werden – sie gewinnen immer und verlieren nie. Sie sind Gewinnverlierer und die Verliergewinner, das Oxymoron des Fußballs!

Komplexe

Mütter können manchmal wirklich nerven – meinen Kinder. So ist das, denn zu erziehen ist ein schweres Unterfangen. Es soll sogar Erwachsene geben, die glattweg abstreiten, dass Menschen überhaupt erzogen werden können. Ich meine nicht, wie man isst und trinkt und sich die Zähne putzt und ob Männer Frauen die Türen aufhalten sollten oder nicht. Ich meine wirklich wesentliche Dinge. Das meint auch Ute. Sie versucht seit Jahren, ihren Söhnen zu vermitteln, dass man mit Nahrungsmitteln verantwortungsbewusst umgehen muss. Sie kann es zum Beispiel überhaupt gar nicht leiden, wenn sie sich den Teller so voll häufen, dass am Ende die Hälfte davon in den Müll getan werden muss, weil es kein anderer mehr essen will. Sie sagt dann: »Denk mal an die armen Kinder in Somalia. Die könnten von deinen Resten noch satt werden!« Die Antwort darauf lautet dann stereotyp: »Aber bevor das alles in Somalia ist, ist es schon längst verschimmelt«. So hat sich im Laufe der Jahre ein Begriff für Utes Verhalten entwickelt: Ute hat einen Somalia-Komplex, meinen ihre Söhne, und sie arbeiten beharrlich daran, ihre Mutter davon zu befreien. So bleibt öfter mal etwas auf dem Teller liegen, damit Mutter immer wieder mit ihrem »Komplex« konfrontiert wird. Neulich belauschte sie ein Gespräch der Rabauken: »Wenn wir Mami endlich so weit haben, dass sie mal ein Stück alte Pizza in den Müll wirft, ist sie von ihrem Somalia-Komplex erlöst!«

Kranke Männer

Wir lieben unsere Männer und haben sie immer gerne um uns. Anderes zu behaupten wäre gelogen, denn schließlich haben wir sie ja geheiratet, um sie ein Leben lang genießen zu können – oder ist das zu altmodisch gedacht? Diejenigen, die das zu altmodisch finden, könnte ich in gewisser Weise vielleicht sogar davon überzeugen, dass auch in die Jahre gekommene Ehefrauen auf der Höhe der Zeit agieren, was ihr Verhältnis zu Männern und besonders zu dem eigenen betrifft: Wir lieben unsere Männer und haben sie immer gerne um uns – aber wir haben auch nichts dagegen, wenn sie uns so dann und wann alleine lassen und wir unseren eigenen Interessen nachgehen können. Im normalen Alltag ist das kein Problem. Aber wehe, wehe – der Mann ist krank! Kranke Männer müssen nicht nur bedauert werden. Sie haben auch ein bedauerliches Beharrungsvermögen in den eigenen vier Wänden, immer dort, wo man sie gerade nicht gebrauchen kann. Denn nichts ist so wichtig wie der kranke Mann: kein Bettenmachen, kein Kochen, kein Einkaufengehen, kein Putzen, kein Garnichts und schon gar kein Freundinnenklönengehen! Der nur leicht bis mittelschwer grippale Mann ist besonders schwierig, weil er noch relativ beweglich ist und somit seine Taschentücher in der gesamten Wohnung zu verstreuen in der Lage ist. Aber wir lieben ja unsere Männer, ich sagte es schon!

Kriegsfuß Zeit

Mit der Zeit auf Kriegsfuß stehen ist nicht gut. Sie ist uns über. Wer sich nicht mit ihr arrangiert, zieht den Kürzeren und führt ein Leben voller Stress und Stress und nochmals Stress. Aber es gibt Menschen, die mit diesem Stress sehr gut umgehen können und denen es offensichtlich nichts ausmacht, immer mit der Zeit auf Kriegsfuß zu stehen. Im Winter wird das deutlich, wenn Skifahrer die Pisten hinunterrasen oder andere Wintersportler gegen die Zeit antreten. Im Sommer wird gegen die Zeit geschwommen, gelaufen, gesprungen, gesegelt … Die Zeit besiegen zu müssen, ist eine schwere Profession. Denn heute ist die Zeit ein unbarmherziger Gegner und ihre Herausforderer tun mir leid. Da gewinnt ein Skifahrer seinen Lauf mit zwei Hunderstelsekunden vor dem Zweiten und vielleicht nur mit drei oder vier Hunderstelsekunden vor dem Dritten. Der Erstplazierte wird genannt. Er ist der große Sieger, den jeder kennt. Der Zweitplazierte ist gerade noch so im Gedächtnis. Wer redet vom Dritten oder kennt seinen Namen– und ihn trennt doch nur ein Wimpernschlag vom Sieger. Ein ganzes Leben eingesetzt, hart trainiert, um dann von einem Wimpernschlag Zeit besiegt zu werden. Für diesen Stress muss der Mensch geboren sein. Wahrscheinlich sitzt diese Fähigkeit auf den Genen, heißt »Zeitherausforderungsgen« und hat eine Stoppuhr in der Hand. Nur Leute mit diesem Gen können Spitzensportler werden, alle anderen sind nur für die Zuschauertribüne geboren!

Liebe regelt den Appetit

Wenn die Liebe nicht schön wäre, keiner schriebe, redete und sänge darüber. Es ist also eine klare Sache mit den schönen und befriedigenden Seiten der Liebe. In jedem Ratgeber über Gesundheit lese und höre ich das: Liebe macht gesund. Liebe erhält gesund und jung. Liebe macht schöne Haare und eine straffe Haut. Liebe regelt den Appetit und lässt uns überhaupt zu besseren Menschen werden und die Augen glänzen. Liebe ist der Wellness- und Wohlfühlfaktor schlechthin. Ach, die Liebe! Bevor wir hier aber vollends ins Schwärmen geraten und den ganzen Tag völlig beschwipst durch die Gegend träumen, wollen wir, wie es sich für intelligente Menschen so gehört, auch die negativen Seiten nicht verschweigen. Zum Beispiel: Ihr Mann hat eine schreckliche Grippe und sie sind mit ihm schon so um die zwanzig Jahre verheiratet. Da ist es doch geradezu gesundheitserhaltend, nicht jeden Tag liebesfeurige Küsse zu tauschen – wegen der Tröpfcheninfektion! Merke also: Junge Paare haben immer zur selben Zeit die Grippe, bei älteren kann das schon mal variieren …

Männer mögen Maiglöckchen

Es war einer dieser Tage, an denen eine Frau nicht in erster Linie an Männer denkt. Sie tut das nicht, weil sie sich so angenehmen Dingen hingibt wie eine Zeitung zu lesen. Endlich einmal Zeit, dabei so richtig auszuspannen und zu entspannen. Aber so eine Zeitung ist bekanntlich immer am Puls der Zeit und des Lebens, was mit hoher Wahrscheinlichkeit dazu führen kann, dass eine Frau dann doch wieder bei den Männern landet – erstaunt und überrascht, nachhaltig und konsequent. An diesem Tag kam der Mann durch die Hintertür der Beilage Wissen. Es ging um Medizin und um das menschliche Geruchssystem. Es ging um Männer und Maiglöckchen! Jawohl, um den normalen Mann und Maiglöckchen! Da lese ich nichtsahnend so vor mich hin und dann offenbaren mir diese geschriebenen Zeilen Bahnbrechendes und nie für möglich Gehaltenes über die Beziehungen zwischen Männern und Frauen und die lebenswichtige Rolle von Maiglöckchenduft für den Bestand unserer Art: Männliche Spermien finden den Weg zur Eizelle einer Frau, indem sie deren spezifischen Maiglöckchenduft wahrzunehmen in der Lage sind! Sie besitzen sogenannte Maiglöckchenrezeptoren, Fachbegriff hOR17-4. Die gibt es auch in der Riechschleimhaut der Nase. Fazit: Wer keinen Maiglöckchenduft wahrnehmen kann, dessen Spermien finden auch keine Eizelle! Götterdämmerung für neue Empfängnisverhütungsarten und solche ungewöhnlichen Fragen wie: Machen wir mal den Schnüffeltest?

Moderne Betrüger

Als die Schauspielerin Lieselotte Pulver in jungen Jahren in dem Film »Das Wirtshaus im Spessart« als Komtesse Franziska von und zu Sandau mit ihrem Verlobten Baron Sperling unter die Räuber fiel, da war das eine eindeutige Angelegenheit. Das war vor knapp fünfzig Jahren. Moderne Räuber und Betrüger sind manchmal nicht so schnell zu erkennen, besonders dann, wenn sie sich im Internet tummeln. Die Aussicht, auf betrügerische Weise ganz leicht an das Geld anderer Leute zu kommen, macht heute weltweit erfinderisch. Wer sein Konto per Internet führt, ist vielleicht so einem Betrüger schon begegnet und hoffentlich nicht auf ihn hereingefallen. Sie sind zwar clever, die weltweiten Akteure. Aber solange ihre Sprach- und Rechtschreibkenntnisse nicht perfekt sind ... Aber lesen Sie selbst, wie jemand an unsere Kontogeheimzahlen kommen wollte. Folgende Betrugsversuchs-mail kam bei uns an: »Geehrter Kunde! Ihr Konto wurde von der Datensicherheitsdienst zufalligerweise zur Kontrolle gewaehlt. Um Ihre Kontoinformation durchzunehmen, bitten wir, damit Sie uns mit allen Angaben versorgen, die wir brauchen. Sonst koennen wir Sie identifizieren nicht und sollen Ihr Konto fuer seine Verteidigung blockieren. Fullen Sie bitte das Formular aus, um alle Details Ihres Kontos zu prüfen.« Aber, aber, lieber Betrüger! So ein bisschen denken können wir noch!

Modernes Zeitgefühl

Nun wird es aber Zeit, sagen wir und meinen, dass jemand in die Puschen kommen soll. In die Puschen kommen meint: Zieh dir deine Schuhe an und geh endlich los, denn es ist nun wirklich Zeit geworden, das zu erledigen, was zu erledigen ist. Ein Glück, dass der Alltagsmensch sich über solche praktischen Dinge hinaus keine Gedanken um die Zeit machen muss. Die Zeit ist da. Die Zeit vergeht. Die Zeit ist schön. Die Zeit ist schlecht. Das reicht aus. Wenn der Alltagsmensch allerdings in ein Flugzeug steigt und zu einem Weltreisenden wird, dann ergeht es ihm mit der Zeit anders. Plötzlich ist er nämlich konfrontiert mit der Weltzeit, und die ist in Zonen eingeteilt. Ihm wird bewusst, dass er eigentlich kein Weltreisender sondern ein Weltkreisender ist, nämlich mit oder gegen die Erddrehung kreisend. Viel zu schwierig, sich vorzustellen, was die Menschen mit der Zeit alles gemacht haben, um sie wenigstens rechnerisch in den Griff zu kriegen, sie geradezu festnageln zu können zwischen den Kontinenten und den Längengraden des Globus. Viele Namen hat die Zeit: mitteleuropäische, westeuropäische, osteuropäische Zeit, Weltzeit, koordinierte Weltzeit … Wenn der Alltagsmensch sich aber nicht in ein Flugzeug, sondern an den Computer setzt und bei eBay kaufen und verkaufen will, wird er mit noch einer anderen, völlig neuen Zeit konfrontiert, der »offiziellen eBay-Zeit«. Wer die nicht beachtet und nicht rechtzeitig in die Puschen kommt, ist aus dem Geschäft und ärgert sich schwarz. So ist das mit Weltkreisenden!

Modetipps für die Karriere

Da können die Modeschöpfer der Welt noch so verrückte Kleidung als schick und modern deklarieren – sie liegen immer weltweit daneben, wenn es sich um geforderte, korrekte Kleidung für den Geschäftsalltag in Banken und vergleichbaren Branchen handelt! Wer ganz sicher gehen will, im Berufsleben dort nicht akzeptiert zu werden und nicht Karriere zu machen, der mag sich an unkonventionelle Ideen halten, mit Sicherheit nimmt er aber schon die Hürde Personalchef nicht. Schauen wir uns die Männer an: Gewünscht ist der gedeckte, dunkle und dezente Anzug. Sportliche Kombinationen sind für Führungskräfte nie geeignet. Selbstverständlich gehören dazu dunkle Socken und Schuhe, möglichst geschnürt, weil das eleganter ist. Auch die Krawatte darf auf keinen Fall lustig sein und soll zur dezenten Farbe des Hemdes passen. Wer seine Krawatte nur bis zum Bauchnabel hängen lässt, zeigt wie stillos er ist. Bei einem einreihigen Anzug muss der mittlere Knopf stets geschlossen sein und darf nur im Sitzen geöffnet werden. Wer zweireihige Anzüge bevorzugt, muss alle Knöpfe immer geschlossen halten. Auch der Mann darf sich mit Schmuck schmücken, aber nur dezent – nie mehr als fünf Teile, Brille und Armbanduhr schon mitgerechnet. Jeans sind verpönt – außer zum Beispiel in Amerika am »leisure Friday«. Da müssen dann alle »leisure« kommen – und wehe einer trägt Krawatte! Merke: Wenn es die Regel ist, die Regel aufzuheben, ist der Regelverstoß korrekt!

Erlebnis in der ersten Reihe

Vor einigen Jahren erlebte ich ein Flötenkonzert in der ersten Reihe. Bis dahin war mir nicht klar gewesen, dass Flöte spielen unmittelbar damit zusammenhängt, Atemluft und Mundflüssigkeiten der Spielenden nicht ignorieren zu können: Es tropfte ganz leicht aus der Flöte, denn eine Flöte spielt sich nicht allein. Daran musste ich denken, als ich nun in der ersten Reihe saß, um einer Schriftstellerin und Dichterin zuzuhören. Von Frau zu Frau – da ist nichts zu ignorieren! Atemluft nicht, Mimik nicht, Zähne nicht, Frisur nicht, Kleidung und Beinhaltung nicht. Hören und Schauen verbinden sich. Beim Hören gedanklich wie von selbst immer auf der Suche nach dem Inneren dieser Frau dort vorne – das ist in etwa so, als schaue man einer Badenden beim Baden zu. Ich habe es leicht in der ersten Reihe und kann alles sehen. Da liegt das leuchtend blaue Brillenetui neben den aufgeschlagenen DIN A4 Papierbögen, die mit großer Schrift beschrieben sind. Sie will also ganz sicher gehen – trotz der Brille – das ist klar. Wir erwarten das von ihr. Ab und an nimmt sie einen Schluck aus dem Wasserglas, ab und an ein schneller Griff zur Vaselinecreme, um die Lippen einzucremen. Lesen und Sprechen ist Lippenarbeit – aber auch Beinarbeit. Wie um sich abzustützen drücken beide Füße in den weißen Sportschuhen gegen die seitlichen Stuhlbeine … mein Vergnügen ist also vielschichtig – obwohl ich nur einmal bezahlt habe!

Neue Sitten

Ich höre einem jungen Paar unfreiwillig dabei zu, wie es sich über die zu beziehende erste gemeinsame Wohnung unterhält. Das macht Spaß. Die Wünsche und Vorstellungen scheinen dieselben zu sein wie noch vor zwanzig Jahren – bis zu dem Punkt des Gespräches mit diesem einen Wort: Rückzugsmöglichkeiten. Was bitteschön sind Rückzugsmöglichkeiten? Ich höre und beginne zu begreifen. Rückzugsmöglichkeiten gibt es nicht in einem Ein-Raum-Appartement. Also kommt so etwas gar nicht in Frage, auch wenn es vielleicht günstig zu haben wäre. Nicht auszudenken, man geht sich auf die Nerven und hat keine Rückzugsmöglichkeit in ein anderes abzuschließendes Zimmer – außer dem Klo. Ein junges Glück darf also nicht dadurch gestört werden, dass eine Wohnung keine Rückzugsmöglichkeiten hat. Gut wären zwei Zimmer, die jeder auf die ihm eigene Weise einrichten könnte, meinen die beiden Verliebten. Gemeinsame Gäste könne man toll in der gemeinsamen Küche bewirten. Die müsste dann aber schon ein bisschen größer sein. Gesucht ist also eine Wohnung mit einer großen Küche und zwei Zimmern. Kinder sind nicht eingeplant, noch nicht. Zuhause angekommen, finde ich meine Kinder mit ihren Freunden im Wohnzimmer sitzend und fernsehend vor – und ich habe plötzlich keine Hemmungen zu sagen: »Ach bitte, geht doch in eure Zimmer. In diesem Haus gibt es doch Rückzugsmöglichkeiten.«

Nun mal ernsthaft!

Reisen ist eine ernste Angelegenheit! Wer das bislang noch nicht gemerkt haben sollte, der merkt es jetzt – in den nächsten Tagen, Wochen, Jahren. Wo und wann, das ist schnell erklärt. Er merkt es beim Fotografen. Sie meinen, das ist ein ungewöhnlicher Ort, um das Leben als ernste Sache zu begreifen? Stimmt und stimmt nicht. Das hängt davon ab, ob sie schon einen neuen Reisepass haben oder nicht. Wie war es doch früher so schön: Man kam zum Fotografen, hatte sich die Haare hübsch gemacht, vielleicht sogar noch geschminkt – schließlich läuft man mit so einem Pass zehn Jahre lang herum. Der Fotograf sagte dann diese zwei Worte, die wir noch im Ohr hören: »Bitte lächeln!« Dann war das Foto im Kasten. Wir hatten unser schönstes Lächeln gelächelt. Ein Lächeln macht doch jedes Gesicht freundlich, schön und sympathisch. Das war einmal. Heute sagt der Fotograf lächelnd: »Lächeln verboten!« Er muss genaue Vorlagen wegen der biometrischen Daten erfüllen, die unser Gesicht überprüfbar machen sollen. Da passt kein Lächeln hin. Also üben wir uns in Ernsthaftigkeit. Keinen Gesichtsmuskel verziehen. Keinen Zahn zeigen. Keine Falten werfen, außer den schon biometrisch vorhandenen. Bloß nicht an die schöne Reise denken, für die wir den Pass dringend brauchen, sondern sich immer vergegenwärtigen: Das Leben ist eine ernsthafte Angelegenheit. Ach, irgendwie haben wir alle das doch schon immer gewusst.

Nur bei gutem Wetter

Viele Dinge des Lebens kann der Mensch nur bei gutem Wetter wirklich gut und gerne tun: Grillen im Garten, Unkraut jäten, Spazierengehen, im Gebirge alle Mehrtausender rundum bewundern, brechreizfrei in kleinen und großen Booten und Schiffen unterwegs sein, Schulfeste auf dem Sportplatz feiern, überhaupt Sportveranstaltungen in freien Stadien genießen. Allerdings, besonders wenn es darauf ankam, gutes Wetter zu haben, hat es geschüttet wie aus Eimern. Aber auf das Wetter kann der Mensch nun mal keinen Einfluss nehmen. Beim ersten Flug des neuen Riesen-Airbus haben wir wieder einmal vorgeführt bekommen, wie wichtig es auch in diesen technisch so perfekten Zeiten ist, gutes Wetter zu haben. Nur bei wirklich gutem Wetter, so war zu hören, sollte sich der Vogel in die Lüfte erheben dürfen, um seine Flugtauglichkeit zu beweisen, Tausende von Zuschauern in Toulouse optisch zu begeistern und Millionen Menschen weltweit in ein neues Flugzeitalter zu befördern. Ich habe die Testpiloten um das schöne Wetter beneidet! Ein Riesenvogel flog majestätisch zwischen Himmel und Erde und machte gut Wetter für ein neues Zeitalter der Passagierfliegerei. Fazit: Nicht nur der gemeine homo sapiens als Garten-Sommergriller, sondern auch der höchst spezialisierte Testpilot sind immer noch von Wind, Wolken und Regen abhängig. Wenn also Menschen immer wieder einmal mit dem Gefühl leben müssen, doch nicht alle vor dem Gesetz gleich zu sein – vor dem Wetter sind sie es allemal.

Orientierungslos?

Neulich ging mir der Gedanke durch den Kopf, wann es wohl das erste Verkehrszeichen gegeben hat. Ich wusste es nicht, und ich weiß es nicht. Aber es könnte irgendetwas mit Kühen zu tun gehabt haben. Schließlich ist es zum Beispiel eine nervenaufreibende Angelegenheit, in den Bergen die Kühe von der Alm in das Tal zu treiben. Da hätte ein Schild mit einer Kuh auf abschüssiger Strecke bestimmt dem einen oder anderen einen nützlichen Hinweis gegeben. Heute denkt niemand mehr bei Verkehrszeichen an Kühe, obwohl es noch welche mit Kühen gibt. Heute befinden wir uns in einem Schilderwald, in dem die Kühe vor lauter Schildern nicht mehr zu erkennen wären. Das hängt wahrscheinlich damit zusammen, dass der moderne Mensch – wie immer so gerne beklagt wird – keine rechte Orientierung mehr hat. Es muss ihm einfach immer wieder gesagt und gezeigt werden, was richtig und falsch ist, damit er nicht nur nicht vom rechten Weg abkommt, sondern auch sicher und unbeschadet auf ihm bleibt. Aber leider hat mir ein beschilderter Parkplatz neulich nachts auch nichts genützt, als nach dem Osterfeuer ein offensichtlich orientierungsloser Mensch den Seitenspiegel meines Autos eintrat und den rechten Vorderreifen aufschlitzte. Aber ich habe das Problem gedanklich gelöst: Dieser Mensch hatte offensichtlich keine Orientierung mehr im Kopf. Er war sozusagen osterfeuermäßig eingenebelt. Schade für ihn – hoffentlich bleibt das nun kein Dauerzustand!

Piep, piep, piep

Die Welt ist voller Karten, das wissen wir alle. In früheren Zeiten waren es die Landkarten, deren Inhalt unverzichtbar war, wenn es galt, andere Kontinente und Länder zu erobern. Das hat sich nicht geändert. Landkarten gibt es noch immer, aber zu ihnen gesellt haben sich die Kreditkarten. Welche Kartenform ist wichtiger? Wir wissen es nicht, neigen aber dazu, den Kreditkarten mindestens eine so hohe Bedeutung beizumessen wie den Landkarten. Denn was nützt uns schon die beste und ausführlichste Landkarte, wenn wir die Reise zum Ziel unserer Träume nicht bezahlen können? Da hat die Kreditkarte doch einen ganz besonderen Charme, den zu beschreiben, keinem von uns schwer fallen sollte. Aber nichts ist so beständig wie der Wandel, und deshalb müssen wir in diesen Zeiten immer auf der Hut sein, uns nicht vor den Erfordernissen der modernen Welt zu verschließen, sonst verschlösse sich vielleicht die moderne Welt vor uns. Heute gibt es auch Metallkarten – und keiner, aber auch wirklich keiner unter uns, könnte jemals sein ersehntes Reiseziel erreichen, hätte er im Bedarfsfall diese Metallkarte nicht bei sich. Heidi ist so eine Person. Ihr wurde ein Metallplättchen in den Fuß einoperiert. Nun braucht sie eine Metallkarte, in der nachgewiesen ist, dass es bei ihr bei jedem Flugzeugcheck piepen darf, eben aus gesundheitlichen Gründen. Aussage: »Bei ihnen piept es!« Antwort: »Ja, aber nur aus gesundheitlichen Gründen!« Schöner Dialog!

Politische Floristik

Sich zwischen zwei Stühle setzen oder gar in die Nesseln, das geht mit politischen Themen wunderbar. Kaum hat der Mensch eine Meinung geäußert, schwupp, werden ihm von einem anderen Menschen ganz sicher Argumente geliefert, die genau das Gegenteil besagen. So ist das mit Meinungen. Meiner Meinung nach gibt es ein neues politisches Thema, das noch keiner thematisiert hat – soweit ich weiß, bin ich die erste – und es hängt damit zusammen, dass eine Bundeskanzlerin im Amt ist. Das Thema ist hoch politisch und durchaus brisant, wenn man bereit ist, es von der floristisch-botanischen Seite her zu betrachten. Es wird Generationen von Wissenschaftlern beschäftigen und sogar einen neuen Zweig, sagen wir, die Florale Politische Wissenschaft. Warum? Männer als Staatsgäste können in floraler Hinsicht relativ gedankenlos begrüßt werden. Das sieht doch wohl bei einer Bundeskanzlerin erheblich anders aus! Was sollte man zum Beispiel davon halten, wenn in einem Land als Begrüßungsstrauß rote Rosen überreicht werden? Heerscharen von Kommentatoren werden stundenlang interpretieren und Schlüsse ziehen. Der Begriff der floralen Außenpolitik könnte sich etablieren. Bücher über Blumensprache könnten Hochkonjunktur haben. Floristen werden in politischer Floristik unterrichtet werden müssen. Allerdings – der eine oder andere Präsident könnte das Problem mit einem Handkuss umgehen wollen. Doch Vorsicht! Damit fangen die Probleme erst richtig an, denn das ist eine Frage der gehobenen Manieren und potenziert die gesellschaftliche Konfliktlage um ein Vielfaches!

Praxisflirt

In einer Arztpraxis geht es ernsthaft zu – sollte man glauben. Aber was ist schon ernsthaft und wann ist es angebracht, ernsthaft zu sein? Das sind viel zu schwierige Fragen für die Geschichte, die ich hier erzählen möchte. Denn es ist alles viel harmloser und einfacher, als es auf den ersten Blick zu sein scheint. Das mit der Arztpraxis stimmt. Es ist morgens. Alle Patienten zur Blutabnahme sind früh einbestellt worden. Das ist so üblich. Das kennt jeder, der einmal zu einer Blutabnahme in der Praxis seines Arztes gewesen ist. Heute früh ist es so wie immer. Hektik und Gelassenheit wechseln sich ab. Ein männlicher Patient zur Blutabnahme tritt ein. Keine Frage: Die Praxismitarbeiter auf der anderen Seite des Tresens sind alles Frauen. Wer hätte das jemals anders erlebt? Der männliche Patient gibt seine Krankenkassenkarte ab, bezahlt seine zehn Euro Praxisgebühr, nimmt seine Dokumente entgegen, wendet sich in Richtung Labor, das von einigen Damen bevölkert ist, und schaut ratlos in die Runde. Da ertönt die erlösende Nachricht einer medizinisch technischen Assistentin in die Runde: »Sie dürfen sich eine aussuchen!« Der Mann beginnt zu lachen und meint: »Was ist das für ein schöner Morgen, ich komme zur Blutabnahme zum Arzt und werde aufgefordert, mir eine Frau auszusuchen!« Merke: Ein echter Casanova lässt keine Chance vorübergehen, um sich bei den Damen beliebt zu machen – er schafft es an jedem Ort!

Rachegelüste

Diese Männer! Regen Sie sich mit mir auf: Über zwanzig Jahre sind die beiden verheiratet. Drei Kinder haben sie bekommen. Ein Haus haben sie zusammen gebaut. Kegeln sind sie gemeinsam gegangen, Rad sind sie gefahren, ungeliebte Verwandtschaft haben sie ertragen und auch sonst hat das Leben ihnen vieles nicht erspart – und nun das. Den Hals sollte man diesem Mann umdrehen, obwohl – so weit wollen wir hier nicht gehen. Milder ausgedrückt: Das Frühstückmachen, Wäschewaschen und Essenkochen, das Gartenpflegen, Einkaufen und Nettsein sollte man ihm verweigern. Nie wieder sollte man ihm die Schuhe putzen und den Schlips gerade rücken. Nie wieder sollte man ihm auch nur eine Flasche Bier auf den Tisch stellen. Nie wieder … Nun wollen sie natürlich wissen, warum dieser Zornesausbruch hier so vehement zu Papier gebracht wird. Die Geschichte ist schnell erzählt: Als die liebende Gattin diesen Unmenschen von Mann nach vielen Jahren darum bittet, ihr nun endlich den sehnlichen Wunsch zu erfüllen, mit ihr in die Tanzschule zu gehen und einen Anfängerkurs zu besuchen, da sagt der unverschämte Lümmel: »Ich gehe doch mit dir nicht Mumienschieben!« Wirklich, er hat sich erdreistet, Mumienschieben zu sagen. Sagt so etwas ein liebender Ehemann zu seiner Frau nach so vielen gemeinsamen Jahren? Es ist eine Schande. Auf so etwas kann nur mit äußerster Härte reagiert werden. Wie war das noch mal gleich im alten Ägypten, wie wurden die Pharaonen mumifiziert?

Rasenmenue

Im Herbst werden sie alle aufgeharkt, die herabgefallenen Blätter der Bäume. Haufenweise, kiloweise, säckeweise. Aber niemand macht sich so richtig Gedanken darüber, warum diese Blätter herunterfallen müssen. Sie könnten doch auch hängen bleiben und keiner hätte etwas dagegen. Gedanken machen darf man sich, es dürfen auch einmal nicht kluge sein, auch abwegige und fern der Wissenschaft liegende. Ich behaupte also: Die Blätter müssen ganz einfach abfallen, weil die Erde etwas zu essen braucht! Das scheint mir eine klare Sache zu sein. Das ganze Jahr über gibt sie nur: lässt wachsen, sprießen, knospen, blühen. Da ist es doch nur logisch, dass auch für sie einmal die Zeit kommen muss, sich so richtig zu laben und all die Blätter in ihrem ureigenen Kreislauf sich selbst wieder zuzuführen. Das ist eine geniale Methode. Vielleicht macht sie uns den Sommer nur deshalb so schön, weil sie sich auf den Herbst freut, auf den leckeren Herbst! Das macht auch die kleine Trudchen in meinem Garten. Trudchen ist die Amsel, die jetzt so fleißig herumhüpft und die abgefallenen Äpfel aufpickt. Für Trudchen ist der Herbst unter meinem Apfelbaum einfach nur eine wunderschöne Fresszeit! Trudchen nudelt sich. Sie pickt, hackt, schluckt und freut sich ihres Lebens. Ab und zu schaut sie um sich, schüttelt sich und bietet mir ein Naturtheater in der ersten Reihe. Deshalb bleiben auch immer einige Äpfel liegen, für Trudchen und ihr herbstliches Rasenmenue auf der Freilichtbühne meines Gartens!

Reden ist Silber ...

Es gibt Dinge, die der Mensch seinen Mitmenschen besser nicht sagt. Er tut es zwar immer wieder, aber damit handelt er sich in aller Regel keine Sympathien ein. Da ist um Beispiel der Satz: Du siehst heute aber schlecht aus! Warum wird das gesagt – aus Mitleid und Mitgefühl, aus Anteilnahme und Sorge? Ich persönlich möchte solche Anteil nehmenden Worte gar nicht hören. Wenn ich schlecht aussehe, dann weiß ich das selbst und muss nicht auch noch von anderen darauf hingewiesen werden. Wenn es allerdings echte Sorge ist, dann bitteschön! In dieselbe Kategorie gehört die Aussage: Du hast aber ganz schön zugelegt! Das ist eine saloppe Umschreibung des Satzes: Du bist in der letzten Zeit ganz schön dick geworden. Auch das wüsste ich selbst und könnte auf die aufmerksamen Worte gut verzichten. Auf diese direkte Weise angesprochen zu werden, lässt dem Menschen keinen Spielraum, die entstehenden negativen Gefühle ins Positive zu kanalisieren und trägt nicht zu guten Beziehungen bei. Schlecht aussehen oder dick geworden zu sein, wer empfände solche Äußerungen wohl als Kompliment? Es gibt aber Menschen, die können solche Spitzen auf dem Gipfel der höflichen Umgangsformen verteilen. Das ist mir neulich passiert. Da sagte eine Dame zu mir, die mir im Restaurant beim Essen gegenüber saß: »Ich sehe mit Freude, dass auch du älter geworden bist!« Solche Komplimente darf man höflich zurück geben.

Reformhaus, personifiziert

Wenn der Mensch einen Schnupfen hat, geht es ihm nicht gut. Jedenfalls meistens nicht. Er sitzt dumm in der Gegend herum, fühlt sich matt und schwach, dauernd kribbelt es ihm in der Nase – von den Nasenhaaren ganz zu schweigen – und er ist gezwungen, immer wieder hilfesuchend zum Taschentuch zu greifen. Aber das ist noch nicht das Schlimmste. Der schnupfende Mensch riecht auch anders als alle anderen, die mit ihm das Büro teilen. Nicht nur er, sondern auch alles um ihn herum. Das liegt an der Gesundheit, genauer an den Gesundheitstees, die in diesen Zeiten den duftenden Kaffeebecher verdrängen. Der verschnupfte Mensch riecht nämlich nach Anis, Linden- und Holunderblüten, Brombeerblättern, bitterem Fenchel, Hagebuttenschalen, Quendelkraut, Thymian, Schwarzen-Johannisbeerblättern, nach Stiefmütterchen – und Lungenkraut! Jeder Mensch muss in einem solchen Fall also zugeben, dass er in normalen, schnupfenfreien Zeiten nicht ein solchermaßen extrem gesundes Duftrisiko für alle beschwerdefreien Nasen darstellt! Der Verschnupfte sitzt da wie das personifizierte Reformhaus und duftet so gesund, wie man es in einem Zustand hochgradiger Verschnupftheit eben nicht ist! Der gesunde Tee riecht nach Krankheit. Könnte man auch sagen, der ungesunde Kaffee riecht so unbeschreiblich köstlich nach Gesundheit? Egal, mein verschnupfter Kollege soll gesund werden und zwar schnell. Wie wir wissen, geht die Geschichte langfristig immer zugunsten des Kaffeebechers aus!

Reise durchs Ungerland

Wir sind alle Unger! Kein sprechender Mensch kann durchs Leben gehen, ohne nicht wenigstens ab und zu ein Unger zu sein. Aber Vorsicht – es darf daraus keine Ungeritis werden. Diese Krankheit ist nur schwer zu bekämpfen, wenn sie einmal ausgebrochen ist. Sie verselbständigt sich. Die Ungeritis erkennt man bei einem Menschen daran, dass er zum Beispiel nicht sagt: »Es war schön zu wandern!« Er sagt: »Die Wanderung war schön!« Er fühlt sich nicht überarbeitet, sondern beklagt seine Überarbeitung. Ganz besonders liebt er Wörter wie Versinnbildlichung, Beweihräucherung, Terminverzögerung, Beglückwünschung, Beflaggung und Zerquetschung. Nur noch einmal zur Veranschaulichung … ich meine zur Klarstellung … Das ist mir jetzt aber wirklich peinlich! Da war ich selbst auf der Autobahn im Ungerland unterwegs. Stopp und wieder zurück. Ich möchte es also einfach nur klarstellen: Verhunzen lassen wir uns unsere Sprache durch die Ungeritis nicht. Auch nicht verunstalten, entzaubern und verschlechtern. Da kann die Verschlechterung noch so groß, die Entzauberung noch so radikal und die Verunstaltung noch so gemein sein! Wir halten durch … bis die Götter dämmern – oder sollte das in diesem Fall doch eine Götterdämmerung sein?

Richtigschreiber und Denker

Heute muss es sein: Ich möchte alle die Leserinnern und Leser trösten, die immer schon Schwierigkeiten mit der Rechtschreibung hatten. Natürlich müssen sie von uns Journalisten erwarten können, dass wir die deutsche Sprache in Wort und Schrift beherrschen – mehr in Schrift als in Wort, aber muss das deshalb gleich jeder mit genau derselben Perfektion können? Mehr Gelassenheit ist angesagt im Land der Dichter und Denker – schließlich heißt es Dichter und Denker und nicht Richtigschreiber und Denker. Der Mensch ist nicht gleich ein Versager, nur weil er die Rechtschreibung nicht perfekt beherrscht. Er könnte zum Beispiel so ein Individualist sein, dass er einige Regeln einfach nicht nachvollziehen kann, und sich deshalb seine eigenen macht. Das nennt man dann in unserer Gesellschaft Kunst, und die hat der moderne Mensch sehr gerne, wenn er darüber nachdenken muss! So hat es vielleicht auch der Geschäftsmann gemeint, der auf sein Firmenschild »Satantennen« schrieb. Wir denken nach. Gibt es Satan-Tennen? Aber nein, er meint Sat-Antennen! Richtig kombinieren können wir noch im Land der Dichter und Denker.

Rockig angewinkelt und gedreht

Zugegeben: Dies ist kein echtes Männerthema, aber vielleicht doch auch für Männer von Interesse. Es geht um das Auto und um enge Damenröcke! Eigentlich eine ideale Kombination zwischen des Mannes liebstem Spielzeug und der Frauen liebster Beschäftigung: der Mode. Immer wenn Männer verkleidet in Spielfilmen in Damengarderobe umherstolzieren, kann der männliche Zuschauer nicht nur ahnen, sondern auch sehen, wie schwierig es ist, sich auf Pfennigabsätzen und in einem engen Rock einigermaßen manierlich zu bewegen. Wie schwierig es aber ist, in einem engen Rock in ein Auto zu steigen, davon ist viel zu wenig geschrieben und berichtet worden! Es ist also hoch Zeit, das Augenmerk der Autos planenden Männer auf diesen Umstand zu lenken. Wer genau beobachten kann, hat vielleicht schon gesehen, dass Frauen in engen Röcken sich praktischerweise mit dem Rücken zum Autoinneren auf den Sitz setzen, sich dann mit einer neunzig Grad Drehung und mit angewinkelten und zusammengedrückten Beinen in das Auto drehen. Es geht nur so, denn der Rock kann weder nach oben geschoben noch in der Weite gedehnt werden – und erst bei den neuen Vans! Höher zu sitzen ist ein Genuss, aber mit einem engen Rock einsteigen, unmöglich! Diese Umstände sind der Grund, warum alle modernen Frauen so gerne Hosen tragen und alle männlichen Ingenieure wahrscheinlich die Äste absägen, auf denen ihre Geschlechtsgenossen sitzen …

Schatz und Schätzchen

Was ist *der* Tipp für eine harmonische Partnerschaft? Da fangen wir ganz harmlos an und sagen: Ein Tipp ist ganz bestimmt, den Liebsten oder die Liebste immer mit »Schatz« anzureden! Das ist unbestreitbar richtig, denn der Satz: »Schatz, du hast dir schon wieder die Krawatte kilometerweit über dem Bauchnabel gebunden!« hört sich viel netter an als der Satz: »Meine Güte noch mal, wie oft soll ich dir noch sagen, dass es total bescheuert aussieht, wenn man das Gefühl hat, du trägst deine Krawatte nur so kurz, weil du dir damit die Nase ausschnäuzen willst und keine Taschentücher dabei hast!« So ist das also mit den menschlichen Beziehungen. Sie sind instabil und immer wieder für Überraschungen gut. Wer keine Überraschungen mag, sollte sie meiden. Einsiedler, ahoi! Ihm entgehen dabei natürlich aber auch wunderbare Jahre, Wochen, Tage, Stunden, Minuten und Sekunden, angefüllt mit den wichtigen Fragen des gemeinsamen Lebens: Wollen wir Omas Couch wirklich in den neuen gemeinsamen Haushalt übernehmen? Wer muss in welchem Rhythmus die Kaffeemaschine saubermachen? Darf ich auch nach Feierabend Klavier spielen? Wer kocht und wer spült das Geschirr? Muss er auch ihre Blusen bügeln, wenn sie seine Hemden bügelt? Wer geht ans Telefon, wenn es klingelt? In einer harmonischen Partnerschaft geht das alles wie von selbst. Das macht nämlich alles immer der Schatz! Mal der eine und mal der andere. Hallo, Schätzchen!

Schall und Nummer

Sie haben einen Namen. Ich habe einen Namen. Ohne Namen wären wir namenlos, und namenlos ist seelenlos. Wir erinnern uns: Rumpelstilzchen forderte das Königskind für sich, es sei denn, die junge Königin errate seinen Namen. Wir wissen, er hat sich getäuscht und damit verloren. Die Königin nannte seinen Namen und daraufhin versank er in der Erde, in der Namenlosigkeit und Wesenslosigkeit. Das Märchen ist total modern. Namenssicherheiten sind im Schwanken und Schwinden, wenn auch auf eine ganz andere Weise. Namensgesetze haben Freiheiten geschaffen und Verwirrungen befördert. Doppel- und Dreifachnamen, neue Möglichkeiten der Kombinationen, haben bei den Bürgern Namen entstehen lassen, die in ihrer Länge und Schwierigkeit ihresgleichen nur in Adelsgeschlechtern suchen und finden. Wer gehört zu wem? Anhand von Namen ist das nicht mehr immer deutlich erkennbar. Ganz besonders modern und freiheitlich ist es bei unserem Nachbarn Dänemark. Ein Triumpf des Individuums gegenüber gesellschaftlicher Fremdbestimmung? Das ruft auch Kritiker auf den Plan. Aber die Argumente der Freiheitlichen sind unschlagbar: Im modernen Staat sei jedermann durch seine Personennummer immer und zu jeder Zeit sicher zu identifizieren. Also: Nun sind wir soweit – Namen sind Schall und Rauch! Sie haben eine Nummer. Ich habe eine Nummer. Ohne Nummern wären wir nummernlos, und nummernlos ist seelenlos …

Schicksalsfragen

Nicht immer klopft das Schicksal wie bei Beethoven mit kräftigen Paukenschlägen ans Ohr: bam, bam, bam, bam … bam, bam, bam, bam … Bei uns Frauen läuft das anders. Bei uns klopft das Schicksal nicht, bei uns schleicht es sich in Form und Farbe auf die Lichtwellen, trifft uns damit mitten ins Auge und lässt uns dann nicht mehr los. Das geschieht nicht nur im Frühling. Nein, das kann zu jeder Jahreszeit geschehen, mehr oder weniger intensiv. Es geschieht aber immer dann, wenn wir an einem gut dekorierten Schaufenster vorübergehen, in dem die neueste Mode auf den schmalen Schultern schöner, ausgestopfter schlanker Frauenpuppen präsentiert wird. Da passiert dann das mit den Lichtwellen, dann klopft das Herz und dann vielleicht auch noch das Schicksal. Aber nur dann, wenn dieses ersehnte Kleidungsstück wirklich für uns bestimmt ist. Der erste Gedanke: Halte dein Portemonnaie fest. Der zweite Gedanke: Warte bis morgen, wenn das Kleid dann immer noch nicht verkauft ist … hat das Schicksal eben geklopft – und ich habe es einfach nur herein gelassen!

Schulterblicke

Als ich noch sehr jung war, da wusste ich ganz genau, was ein Schulterblick ist: Einmal kurz über die Schulter zur Seite geblickt – und schon hatte der Angebetete das Signal der Signale erhalten. Im Laufe der Jahre verlieren sich diese Schulterblicke und weichen den Ausblicken, den Anblicken, den Silberblicken, den Blickfeldern und den Blickwinkeln. Das geht so eine ganze Weile – bis die Kinder so alt sind, dass sie einen Führerschein machen wollen. Was heißt hier wollen? Sie müssen es. Es drängt sie geradezu ohne die Möglichkeit, diesem Drängen nicht nachzugeben. Das ist die Zeit der Schulterblicke und Schulterblick-Geschichten! Das ist auch die Zeit, in der man mit Kindern nicht mehr ungestraft im Auto fahren darf und sie als kritisierende Beifahrer ernst nehmen muss, denn sie wissen es immer besser! Da ist zum Beispiel der Schulterblick: Schulterblick-blinken-Fahrbahn wechseln-Schulterblick-blinken-auf die rechte Seite zurück. So oder ähnlich sind die Regeln. Klar wissen das alle Autofahrer, auch die, die vor dreißig Jahren ihren Führerschein gemacht haben. Tun wir es aber wirklich noch immer? Die Kinder wissen es besser und belehren uns, dass wir wahrscheinlich öfter als einmal einen Blick in die modernen Unterlagen der Führerscheinprüfungen werfen sollten. Auch der gute alte Schulterblick hätte dann wieder täglich ausgiebig seine Auftritte und unsere Kinder wären mit uns zufrieden. Wir hörten nicht immer wieder diesen unerbittlichen Satz: »Mama, einen deutlichen Schulterblick bitte! In der Prüfung wärst du jetzt durchgefallen!«

Scrabbelig schön

Überall lese ich: Lachen ist gesund. Also lachen wir miteinander! Wo geht das besonders gut? Bei Gesellschaftsspielen wie zum Beispiel Scrabble. Der englische Name täuscht, das gibt es natürlich auch in deutscher Sprache und mit deutschen Buchstabensteinen. Die müssen auf einem Brett so gelegt werden, dass Wörter dabei entstehen. Dafür gibt es Punkte. Wenn die Mitspieler dabei nicht zu bierernst sind, sozusagen umdenkstark, dann sind ausser in, und, über, bei und zwischen auch noch andere Begriffe im Bereich des Möglichen angesiedelt. Da wäre zum Beispiel die Eisrosentür. Sage niemand, so was gibt es nicht. Natürlich kann der träumende Mensch sich eine Eisrosentür vorstellen! Auch der Rhein, das Rheineck und die Rheineckau sind gut lesbar. Irgendeiner legt Hexenscheu, oh Schreck! Aber nein, nun wird es erst richtig spannend! Dieses X nämlich führt zu Exmeisenbube, der wird zu Sexmeisenbube und der wiederum wird zu Ursexmeisenbube! Nun fragen Sie mich bitte nicht, was ein Ursexmeisenbube ist! Ich weiß es nicht. Ich weiß nur eines: Er war punktestark und ging über das ganze Spielbrett. Seine 196 Punkte brachten seinem Wortschöpfer den unangefochtenen Sieg. Einfach unschlagbar, dieser Ursexmeisenbube!

Siesta

Dieser Sommer war und ist heiß. Er ist so heiß, dass selbst kühle Nordeuropäer auf heiße Gedanken kommen. Sie denken nämlich ernsthaft darüber nach, ob es bei solchen klimatischen Bedingungen nicht endlich an der Zeit sein könnte, die mittägliche südliche Siesta einzuführen. Was bedeutet Siesta? Das ist die Ruhephase zwischen zwölf Uhr mittags und vier Uhr nachmittags, in der die Sonne so heiß brennt, dass der menschliche Geist zusammen mit dem fließenden Schweiß ins Wabern gerät und nur noch an Eis, Wasser, kühle Luft, Schlaf und Liegestuhl denken kann. Wenn das so ist, scheint eine Pause angebracht, um danach mit neuer Energie und neuem Schwung wieder an die Arbeit zu gehen. Aber machen wir uns klar – das bedeutet Revolution! Machen wir uns klar – das bedeutet ein Angriff auf die geordnete und gesittete Zivilisation des Nordens, in der der Tagesablauf durch alles andere, aber nicht durch solch chaotische Umstände wie das Wetter geregelt wird. Aber der Mensch lernt dazu, pardon – er fühlt dazu. Er schwitzt, ist müde, kaputt und abgespannt und damit plötzlich reif für Neues. Das nennt man aus Erfahrung lernen. Ich muss bei Siesta immer an den wunderbaren Spielfilm »Avanti, Avanti« mit Jack Lemmon denken, in dem ein amerikanischer Konzernchef in Ischia mit italienischer Lebensweise und Siesta konfrontiert wird und der Aussage: Siesta, da esse man gemütlich zu Mittag, mache ein Stündchen Liebe, ruhe sich aus – und am Abend gehe man heim zu seiner Frau. Diese Variante sollte vielleicht überdacht werden …

Singen ist gesund!

In der Praxis meiner Ärztin hängt seit ewigen Zeiten ein Plakat. Es weist darauf hin, dass das Singen in einem Chor gut für die Gesundheit ist. Wer von uns tut nicht gern alles, um gesund zu bleiben? Ich zum Beispiel singe im Gospel Chor meiner Kirchengemeinde und hatte bei der letzten Chorprobe ganz stark das Gefühl, dass Singen gut für die Gesundheit ist! Warum, ist schnell zu erklären: Es geht beim Singen nicht nur um das Singen. Wir hatten auch sonst viel Spaß. Das liegt daran, dass die Komponisten und Texter wohl auch das Plakat in der Praxis meiner Ärztin verinnerlicht haben. Sie komponieren nicht nur wunderbare Melodien, sondern sie fordern uns auch immer wieder das Äußerste ab, indem sie auf die Lachmuskeln zielen. Ich meine damit nicht solche viel sagenden Titel wie »Ottos Mops«, nein, ich meine so schöne Begleittexte wie »bom, bom, wim o wee« oder den Basspart in dem Lied » El condor pasa«. Er lautet »dm z dm z ga doo bi dm z« oder enthält so Lachmuskel strapazierende Laute wie »dm z doo bi dm ga dm«. Singen sie das mal als Bass! Es ist fast unmöglich, ohne sich vor Lachen den Bauch zu halten – wenn man einen hat … Der Chorleiter hat es schwer. Ernst und gewissenhaft versucht er, seine Sänger auf die ungewöhnlichen Laute einzuschwören. Er scheitert damit nicht, aber seine Leute glucksen nur so herum, bis auch ihnen endlich klar ist: Singen ist eine ernsthafte Angelegenheit – und das hätten wir bei dem Thema Gesundheit auch nicht anders erwartet!

So ein Witz

Man kann die Menschen in zwei Kategorien einteilen: In die Witzeerzähler und die Witzevergesser. Ich gehöre zu den Witzevergessern. Wenn mir jemand einen Witz erzählt, versuche ich, ihn zu behalten. Beim Versuch, ihn weiter zu erzählen, bemerke ich meine Defizite. Die Leute lachen dann nicht über den Witz, sondern über meine verzweifelte Art, den Witz erzählen zu wollen. Wie war zum Beispiel noch der Witz mit der Ameise? Also, wenn man Ameisen fangen will, muss man Salz ausstreuen. Die Ameise hält das Salz für Zucker und frisst es. Daraufhin bekommt sie einen schrecklichen Durst und eilt zum Schnaps. Der macht sie natürlich betrunken, ist doch klar. So passiert es, dass die Ameise torkelt und über ein Stöckchen stolpert. Aber betrunkene Ameisen haben einen schlechten Gleichgewichtssinn und vollführen dann leicht einen Salto – mortale – und knallen mit dem Kopf auf einen Stein. Das ist immer tödlich infolge eines Schädelbasisbruches. Witz Ende. Sie haben vielleicht nicht gelacht? Na ja, ich kann eben doch keine Witze erzählen.

So schöne Namen!

Beethoven ignoriert es heute, wenn nach ihm gerufen wird. Da kann noch so laut nach ihm gerufen werden. Heute beschäftigt er sich lieber mit anderen Dingen, hebt kurz einmal den Kopf, schaut sich um und wartet, was da noch so an Anforderungen an ihn herangetragen wird. Mozart geht es ähnlich. Wie kommt er denn dazu, immer gleich zu reagieren, wenn er aus der Ferne seinen Namen gerufen hört. Nein, heute nicht! Ich bin Mozart, scheint er zu denken. Wer mir so einen Namen gibt, muss auch damit rechnen, dass ich die Allüren eines Genies voll auslebe, basta. Andromeda ist da folgsamer. Auch wenn sie mit ihrem klangvollen Namen einen Platz im Himmel, ja im Universum beanspruchen könnte, macht sie sich auf den Weg. Sie trottet gemächlich in die Richtung, aus der sie gerufen wurde. Trotten ist eigentlich nicht das richtige Wort. Pferde wie Beethoven, Mozart und Andromeda trotten nicht, sie bewegen sich auf unnachahmlich elegante Weise auf ihren vier Beinen, schütteln die üppige Mähne, lassen vielleicht auch noch einmal ihren Schweif elegant um ihr Hinterteil wehen und was dann an Bewegungsabläufen zu sehen ist, ist einfach nur elegant und bezaubernd. Der bewundernde Mensch fängt völlig überflüssigerweise an, darüber nachzudenken, warum er selbst eigentlich keine vier Beine hat, auf denen er sich so elegant fortbewegen könnte. Diese Fragen sind müßig – dafür gibt es Beethoven, Mozart und Andromeda!

Sommernachlese

Der Herbst ist die Zeit des Pflaumenkuchens! Da beißt keine Maus einen Faden ab. Da brät sich keiner einen Storch. Da lügt sich keiner die Hucke voll! Denn frischer Pflaumenkuchen heißt in unseren Breiten immer: Es wird Herbst. Wer nicht gerade feine Haushaltshandschuhe im Schrank hat, hat jetzt braune Finger und Fingernägel. Blaue Pflaumen machen das. Schließlich müssen die Pflaumen erst von ihren Kernen befreit werden, ehe sie ihren Platz auf dem Kuchenblech einnehmen dürfen. Dem Himmel sei Dank, dass es überhaupt noch Hände gibt, die diese Arbeit verrichten! Vor allem Pflaumen vom Baum aus dem eigenen Garten pflegen eine gewöhnungsbedürftige und wenig zielführende Trefferquote von zwei zu eins zu haben. Gemeint ist damit: Auf zwei Pflaumen kommt ein Wurm. Das ist natürlich ein Beweis dafür, dass diese Pflaume gesund ist und wir sie getrost mit dem größten Appetit verzehren können. Wenn nämlich der Wurm die Pflaume mag, dann ist das der Beweis dafür, dass wir vertrauensvoll zubeißen können – nicht in den Wurm, sondern in die Pflaume. Aber da beginnen die Dinge, schwierig zu werden, denn wer verzehrt schon mit großem Appetit eine Pflaume mit »Fleischeinlage«. Ich kenne keinen. Was lehrt uns diese kleine Geschichte? Ist das Beispiel noch so klein, kann die Einsicht doch groß sein. Der Schritt von der kleinen Pflaume zu einer Giftspritze ist nicht weit. Der Pflaume ist es egal, mit Gift besprüht zu werden, dem Wurm aber nicht und den menschlichen Obstessern auch nicht.

Spießiges

Wirklich, ich liebe meine Freundin sehr. Aber wer mir an meinem Geburtstag beim Kaffee gegenüber sitzt, meine Mousse au Chocolat Torte auf Haselnussboden isst, meinen Kaffee trinkt und dann noch behauptet, wir Hamburger seien spießig, der muss sich nicht wundern, wenn es in meiner verwundeten Seele rebelliert! Konsequentes Nachfragen ergibt eigentlich auch nichts Beunruhigendes. Keiner kann so richtig erklären, was das eigentlich ist, spießig. Ach, diese immer wieder angeführte Zurückhaltung und Kühle, die uns nachgesagt wird. Die sind alle noch niemals bei einem Volleyballspiel des Bundesliga Vereins TV Fischbek gewesen und haben das Publikum auf den Bänken und hinter den Trommeln und den Tröten rasen, ja rasen, sehen! Den Cäsar im Hamburg Harburger Helmsmuseum haben sie auch versäumt und in der Lämmertwiete in Hamburg Harburg in einem brasilianischen Restaurant noch nie gesehen, wie die Leute das brasilianisch geröstete Fleisch von den Spießen essen und dabei südamerikanisch singen, was das Zeug hält – zu späterer Stunde, versteht sich. Also wo, bitteschön, sind wir spießig? Denn wir wollen uns doch begrifflich nicht so weit versteigen, dass wir den, der das Fleisch vom Spieß isst, auch spießig nennen …

Stöbern in Städten

Städtereisen sind in Mode. Allein in Hamburg gab es im Jahr 2006 sechs Millionen Touristen. Das ist kaum vorstellbar. Diese Reisenden wollen meist etwas aus der Stadt mitbringen, in der sie ein Wochenende verlebt haben! Wir kennen das. Wenn Menschen einer Reisegruppe beim Frühstück sitzen und es werden Pläne für den Tag geschmiedet, dann hat wohl mancher von uns schon den Satz gehört, erinnert oder vielleicht sogar selbst ausgesprochen: »Männer, haltet eure Portemonnaies fest, die Frauen gehen shoppen!« Jeder weiß heute, dass shoppen nichts anderes bedeutet als einkaufen. Nun haben wir Frauen heute auch eigene Geldbörsen, aus denen wir uns bedienen können, aber die weibliche Lust am Stöbern und Kaufen ist ein Faktor, mit dem unsere Männer auf Reisen leben müssen! Ein klitzekleines Schmuckstück – muss nicht echt sein – ein Schal, ein Kitschglas, ein Pullöverchen, ein typisches kleines Mitbringsel eben, das muss doch sein: aus Ägypten einen kleinen Pharao, aus Berlin einen kleinen Bären, aus Hamburg ein kleines Buddelschiff vielleicht? In Hamburg könnte darüber hinaus folgendes passieren: Ein echter Hamburger hört, wie sich eine Touristin vor dem Schaufenster eines Schmuckgeschäftes bei ihrem Mann beklagt, dass er so geizig sei und ihr nichts biete. Keck meint er dazu auf Plattdeutsch aus dem Hintergrund: »Denn biet er doch in Mors!« Das ist – nicht so süß und harmlos klingend – ins Hochdeutsche übersetzt: Dann beiß ihr doch in den Hintern! Als Frau muss ich dazu jedoch ausdrücklich betonen: Das ist keine Methode, dieses Problem zufriedenstellend zu lösen!

Still am Meer

Im Winter freuen sich alle Menschen, die gerne im Winter an der Nord- und Ostsee Urlaub machen und sei es nur kurz. Denn es ist bekannt: Der Erholungswert von Winterurlauben ist hoch. Wer jemals mit ganz über den Kopf gezogener Kapuze, so dass nur die Augen herausschauen, dicken Pullovern, gefütterten Hosen, langem Mantel, Pelzhandschuhen und zusätzlich dickem Schal um den Hals im Winter an der See spazieren ging, weiß wovon ich rede. Wenn die am Strand auslaufenden Wellen mit ihren kleinen Schaumkronen gefrorene Ränder hinterlassen und so einen bizarren Kranz um das ankommende Wasser am Strand bilden, dann sind Augen und Ohren gefragt, die den Reiz dieser Landschaft aufnehmen können, zusammen mit der klaren Luft, den wenigen Möwen und dem leicht schnarrenden Klang unter den Füßen, der durch diese Mischung auf Weich und Gefroren im Sand entsteht. Das alles liebt auch meine Freundin Margrit. Aber sie liebt es mit gemischten Gefühlen. Denn meine liebe Freundin redet gerne. Besonders bei langen Spaziergängen kann es geschehen, dass schon mal alle Probleme der Welt gelöst werden. » ... und das ist das Problem bei langen Spaziergängen im Winter am Meer«, meint sie bedauernd, »da kannst du doch nicht reden, ohne dass du 'ne Mandelentzündung kriegst!« Wie löst Frau nur dieses Problem?

Stoffprobleme

Die Dame ist wortgewaltig und hartnäckig. Offensichtlich will sie an diesem Vormittag nicht aus der Stoffabteilung dieses Kaufhauses gehen, ohne den Stoff ihrer Träume gefunden zu haben. Die Verkäuferin hört geduldig zu: Festlich soll der Stoff sein, aber nicht zu festlich. Ohne die Perlenkette soll die zu nähende Bluse nämlich auch mal sonntags am Nachmittag getragen werden. Blau wäre schön oder auch gegen ein dunkles Rot wäre nichts einzuwenden. Nur um Himmels Willen kein Grau oder Schwarz, das macht alt und passt nicht zum Teint. Glatt und geschmeidig soll der Stoff sein, aber nicht zu glatt und geschmeidig. Dann zieht er nämlich Fäden, wenn man ihn aus Versehen mit den Fingernägeln oder einem anderen Gegenstand berührt und sieht nicht mehr gepflegt aus. Seide darf es nicht sein. Die ist unpraktisch. Man kann sie nicht in der Waschmaschine waschen … Irgendwann mache ich mich als heimliche Zuhörerin davon. Die Verkäuferin bleibt wirklich ruhig und aufmerksam. Heute scheint der Tag ihrer Träume zu sein!

Stress mit der Zeit

Mit der Zeit auf Kriegsfuß stehen ist nicht gut. Sie ist uns über. Wer sich nicht mit ihr arrangiert, zieht den Kürzeren und führt ein Leben voller Stress und Stress und nochmals Stress. Aber es gibt Menschen, die mit diesem Stress sehr gut umgehen können und denen es offensichtlich nichts ausmacht, immer mit der Zeit auf Kriegsfuß zu stehen. Im Winter wird das besonders deutlich, immer dann im Fernsehen, wenn Skifahrer die Pisten hinunterrasen oder andere Wintersportler gegen die Zeit antreten. Im Sommer wird gegen die Zeit geschwommen, gelaufen, gesprungen, gesegelt … Die Zeit besiegen zu müssen, ist eine schwere Profession. Denn heute ist die Zeit ein unbarmherziger Gegner und ihre Herausforderer tun mir leid. Da gewinnt ein Skifahrer seinen Lauf mit zwei Hunderstelsekunden vor dem Zweiten und vielleicht nur mit drei oder vier Hunderstelsekunden vor dem Dritten. Der Erstplatzierte wird genannt. Er ist der große Sieger. Der Zweitplatzierte ist gerade noch so im Gedächtnis. Wer redet vom Dritten oder kennt seinen Namen– und ihn trennt doch nur ein Wimpernschlag vom Sieger. Ein ganzes Leben eingesetzt, hart trainiert, um dann von einem Wimpernschlag Zeit besiegt zu werden. Für diesen Stress muss der Mensch geboren sein und das zuständige Gen könnte »Zeitherausforderungsgen« heißen. Nur Leute mit diesem Gen können Spitzensportler werden, alle anderen sind nur für die Zuschauertribüne geboren.

Suchereien

Suchen und Verstecken, das sind zwei Grundbedürfnisse des Menschen, behaupte ich einfach mal so. Besonders zur Osterzeit begegnen wir diesem Phänomen in geballter Form. Gerade dann vermuten zum Beispiel viele Menschen, dass sich einige Politiker sehr gerne verstecken würden, um nicht mit den Folgen ihrer Politik konfrontiert zu werden. Insofern wäre das nun wieder eine Gemeinsamkeit zwischen Politikern und Ostereiern. Obwohl, werden Ostereier eigentlich gerne versteckt? Wahrscheinlich lieber gefunden und aufgegessen. Das wiederum wäre dann keine Gemeinsamkeit zwischen Politikern und Ostereiern. Lassen wir dieses Wortgeplänkel und wenden wir uns dem häuslichen Leben zu. Bei mir Zuhause werden zur Zeit weder Politiker noch Ostereier versteckt, bei uns werden chinesische Fertigsuppen versteckt! Das entwickelt sich so in einer wachsenden Familie mit Kindern und Schwiegerkindern. Irgendeiner hat immer gerade das aufgegessen, was ein anderer gerade gerne essen würde. Der Rat einer Mutter: Leute, versteckt doch immer eine Suppe bei euch in Reserve. So kommt es dazu, dass in unserem Haus Verstecke angelegt werden, damit zum gewünschten Zeitpunkt die gewünschten Dinge auch wirklich verfügbar sind. Wären doch alle Probleme so einfach zu lösen – zur Osterzeit oder irgendwann.

Süße Sorge

Es ist nett, wenn sich Menschen um uns sorgen. Wir kennen diese Sätze von Kindesbeinen an: die warme Mütze sollen wir aufsetzen, Schal und Handschuhe nicht vergessen, uns nicht mit scharfen Messern schneiden, die heißen Töpfe und Pfannen nicht mit bloßen Händen anfassen, uns vor kochendem Wasser und heißem Öl hüten, die stechenden Bienen nicht ignorieren, keine giftigen Pflanzen und Früchte essen, auf unsere Ernährung achten – ja, besonders auf unsere Ernährung achten! Schließlich weiß jeder, dass es in allen Dingen des Lebens so ist: Nur wenn wir oben etwas Gutes hineintun, kommt unten etwas Gutes heraus. So sind wir es also gewöhnt, immer mit liebevoll sorgenden Ratschlägen bedacht zu werden. Deshalb habe ich auch ganz nett und höflich reagiert, als mir neulich eine ältere Dame und ihr Mann im Fahrstuhl gegenüber standen und die ältere Dame mich besorgt anschaute. Warum? Ich aß gerade eines dieser köstlichen kleinen Quarkbällchen, denn ich hatte kein Frühstück gehabt und war sehr früh unterwegs gewesen. Ich aß eines, das zweite und setzte gerade beim dritten an, da sagte sie zu mir mit strafenden Augen: »Das ist aber nicht gesund für sie, diese Süßigkeiten!« Die Sonne lachte. Der Tag war schön. Ich antwortete: »Es gibt nichts Gesünderes auf der Welt für mich, als etwas zu essen, das mir schmeckt und mich dabei so richtig glücklich macht, glauben sie mir!« Ein erschrockenes Gesicht zeigte mir, dass mein Gegenüber diese Art von Glück nicht fassen konnte.

Trost, wo bist du?

Ich werde Anny und Bert trösten müssen, das steht fest. Das Leben hat sie schwer gebeutelt – das hat mit steinharten Sachen zu tun und ging so: Da gibt es einen Flur in ihrem Haus, der schon lange danach schreit, neu mit Granit ausgelegt zu werden. Das ist eigentlich eine ganz harmlose Sache und scheint auf den ersten Blick nichts zu sein, um die Gemütslage von zwei Menschen durcheinander bringen zu können. Aber vor der Arbeit steht der Einkauf beim Händler, in diesem Fall einem Händler, der mit Steinen handelt und auch Grabsteine anfertigt. Schon als die beiden aus dem Auto steigen, kommt ihnen der Händler mit traurigem Gesicht entgegen und setzt an, ihnen zu kondolieren. Nein, können die beiden noch abwehren, einen Grabstein wollen sie nicht. Sie wollen bei ihm Granit anschauen, weil sie beabsichtigen, ihren Hausflur zu renovieren. Jetzt setzt der Händler zu seinem vernichtenden Schlag an: »Renovieren? Lohnt sich das denn noch?« Anny und Bert sehen sich verdattert an. Gut, sie sind knapp über sechzig, aber als alt aussehend haben sie sich bislang nicht empfunden. Anny geht mit ihrem jugendlichen Aussehen glatt noch als 55jährige durch! Jetzt also das. Seither steht die bange Frage über ihrem Leben: Lohnt sich das denn noch? Neulich wollte Bert sein kühles Bier haben, möglichst schnell, sonst könne er womöglich verdursten. Anny schaute ihn tiefgründig an und fragte: »Lohnt sich das denn noch?« Merke: Mit nur fünf unachtsamen Wörtern kann man einen steinharten Eindruck hinterlassen!

Überraschend weihnachtlich

Weihnachtlich zumute sein, was ist das? Sentimental werden beim Schein von Kerzen? Freude haben beim Aussuchen von Geschenken und sie als aufregende Geheimnisse behandeln? Kinder und ihre Vorfreude auf Weihnachten erleben? Die Wohnung mit weihnachtlichem Schmuck dekorieren, sich am ersten Advent morgens in Schlafanzug und Morgenrock auf dem Sofa lümmeln, in die verschneite Welt schauen und seinen Tee oder Kaffee genießen? Gefühle sind schwer zu beschreiben. Jeder lebt in seiner individuellen Welt. Mir wurde neulich weihnachtlich zumute. Ganz unerwartet, völlig überraschend und an einem Ort, an dem nicht damit zu rechnen war. Ich stand mit meinem Einkaufswagen in der Warteschlange eines großen Supermarktes. Es war sehr voll. Das über und über gefüllte Band bewegte sich langsam vorwärts und transportierte auch meine Waren immer mehr in Richtung Kasse. Dort saß zum Kassieren ein junger Mann, die weißen Hemdsärmel etwas aufgekrempelt. An seinem rechten Unterarm entdeckte ich drei tätowierte chinesische Schriftzeichen. Journalisten sind neugierig. »Was bedeuten sie«, fragte ich also. Er schaute kurz auf und sagte beim Kassieren: »Liebe, Frieden und Wahrheit. Das ist doch das Wichtigste im Leben, oder?« Wer rechnet schon damit, an der Kasse eines Supermarktes zwischen Leergut, Nervosität und Spekulatius so von Weihnachten überrascht zu werden?

Verdrängt

Einpacken, auspacken. Was macht mehr Spaß? Der Mensch mag beides, nicht nur zur Weihnachtszeit. Einpack- und Auspackzeit ist das ganze Jahr über, denn schließlich hat der Mensch auch noch Geburtstag, feiert ein Jubiläum oder hat einfach nur Freude daran, seinen Lieben ein Geschenk zu machen. Es gibt aber auch Varianten des Verpackens und Auspackens, die nichts mit Geschenken für einen anderen zu tun haben, denn der Mensch ist erfinderisch und kreativ – und wie kreativ. Ich lüfte das Rätsel: Es hat mit Zigaretten zu tun. Zigaretten sind verpackt und Zigaretten sind nach herrschender medizinischer Meinung nachhaltig schädlich für den menschlichen Körper. Deshalb hat der Gesetzgeber festgelegt, diese Information auf die Zigarettenpackung zu drucken. Clevere genießende Raucher, nur um solche kann es sich handeln, haben einen Trick gefunden, diesen permanenter Hinweis ihrem Auge zu entziehen: Sie kaufen sich eine ihrer Zigarettenmarke in Farbe und Design angepasste Hüllenpackung, in die sie die richtige Zigarettenpackung hineinstecken können. Wer jetzt behauptet, das sei die perfekte Verdrängung der Gefahr, könnte richtig liegen. Allerdings, liebe Raucher, warten sie nur ab. Irgendwann wird es auch die Tafel Schokolade mit der Aufschrift geben: Zucker schadet der Gesundheit. Auch dann, vermute ich, werden wieder die kreativen Verdrängungsverpacker ans Werk gehen. Ich werde vielleicht dazu gehören. Dann verdrängen wir gemeinsam.

Vereiert!

Da habe ich meinem Mann heute früh wieder einmal ganz schön den Tag vereiert! Was ein vereierter Tag ist? Ich erkläre es einmal so: Da bemüht man sich seit Jahren, diese Frühstückseier weich zu kochen – und dann vereiert man es doch immer mal wieder. Gut, wer lieber harte Eier zum Frühstück isst, bleibt hier und heute unberührt von diesem Thema. Aber wer gerne ein köstliches weiches Frühstücksei löffelt, weiß wovon ich schreibe. Keine Bange, ich fange jetzt nicht mit so blöden und ungebildeten Entschuldigungen an wie: Das Wasser hat heute früh leider über hundert Grad heiß gekocht … Es gibt andere Argumente, die das Eierkochen als Küchenwissenschaft ausweisen. Da ist zum Ersten die Größe des Eies. Von klein bis XXL ist da alles dabei. Zum Zweiten spielt die Lagerung des Eies eine entscheidende Rolle. Kommt es aus dem Kühlschrank, dann muss es natürlich länger gekocht werden. Hat man es pflichtbewusst und vorausschauend schon am Abend vorher bereit gelegt, dann ist es zimmerwarm und braucht eine kürzere Weichgarzeit. Welch ein schönes Wort: Weichgarzeit! Es ist also klar, dass das Eierkochen und die Weichgarzeit Wissen und Gefühl erfordern. Aber ehrlich gesagt, wer ist morgens immer schon so gut drauf, dass er keine Schwierigkeiten mit der Weichgarzeit haben könnte? So kommt es immer wieder dazu, dass wir unseren armen Männern den Tag vereiern! Morgen machen wir es besser, versprochen, ganz bestimmt!

Vergessene Geschenke

In den vergangenen Wochen ist mir ein Problem vor Weihnachten besonders deutlich geworden: Das Problem des Schenkens, wenn man sich schon sehr lange kennt. In solchen Beziehungen unterliegen Weihnachtsgeschenke oft einer besonderen Dramaturgie. Es ist die Dramaturgie: »Ich kauf dir jetzt schon was und du vergisst das Geschenk einfach«. Wer seiner Liebsten schon in der frühen Adventszeit ein Geschenk ihrer Wahl macht und sie bittet, es zu vergessen – getragen von der Freude, das Richtige gefunden zu haben und nun von der Qual des Überlegens und der Qual der Wahl befreit zu sein – dem kann Bitteres widerfahren. Reinhard zum Beispiel ist dem Wunsch und den leuchtenden Augen seiner Frau nachgekommen und hat ihr in der ersten Adventswoche eine Perlenkette gekauft. Was ist geschehen? Schon in der zweiten Adventswoche hat sie sich das Geschenk von ihm ausgeliehen, denn gerade zu der dort angesagten Feier konnte sie keinen passenden Schmuck in ihrer Schatulle finden. Auch als der arme Reinhard murrte, beharrte sie bei einer weiteren Feier darauf, sich ihr Weihnachtsgeschenk noch einmal ausleihen zu wollen, weil es doch so schön sei! Reinhard überlegt jetzt einen total unweihnachtlichen Rachezug. Wenn sie die Kette unter dem Weihnachtsbaum auspacken wird, wird er sagen: »Ist aber nur geliehen, mein Schatz!« Ob er das kann? Männer können bisweilen so fürchterlich konsequent sein!

Verkrampft geschält

Ich muss eine interessante Geschichte über einen Menschen erzählen, den ich schon einige Jahre kenne, und vom dem ich doch noch lange nicht alles weiß, wie sich gerade herausgestellt hat. Das ist nicht ungewöhnlich, eher gewöhnlich, denn wann kennt der Mensch schon jemals seine Mitmenschen ganz – er kennt ja oftmals noch nicht einmal seinen Mann oder seine Frau ganz, geschweige denn sich selbst! In diesem Fall geht es aber um ein weihnachtliches Leiden besonderer Art. Ich nenne es den verkrampften Zitrusfinger. Dieses Leiden entwickeln nur Menschen mit einem Hang zur gesunden Ernährung durch die in dieser Jahreszeit so beliebten Apfelsinen, Mandarinen und Clementinen. Es handelt sich also um Menschen, die – aus welchen Gründen auch immer – nicht von Marzipan, Nougat, Schokoladenweihnachtsmännern, gefüllten Spezialitäten, Dominosteinen und Co angelacht werden. Zu denen gehört offensichtlich auch Günther. Wer viele dieser so gesunden Früchte schält, kommt nicht darum herum, mit unterschiedlicher Schalenkonsistenz konfrontiert zu werden. Mandarinen zum Beispiel lassen sich in schwergängige und leichtgängige einteilen. Wir kennen das: Bei den einen bricht man sich beim Schälen fast die Finger ab. Bei den anderen geht es ruckzuck. Günther trifft immer auf die schwergängigen, und vom Schälen tun ihm dann die Finger weh. Das tut mir leid für Günther. Vor allem, weil es so schwierig sein muss, mit einem vorweihnachtlich verkrampften Zitrusfinger ein Rotweinglas sicher zu halten. Wer hätte schon jemals etwas von einem verkrampften Rotweinfinger gehört? Sollte der etwa noch gesünder sein?

Verlegenheitslaute

Ich kenne jemanden, der sagt immer, wenn man ihn bei einer Sache erwischt hat, die er vergessen hat oder die irgendwie falsch gelaufen ist, »ups«. Somit ist ups also ein Verlegenheitslaut. Sagen sie auch öfter mal ups? Wahrscheinlich haben sie Ihren ganz persönlichen Verlegenheitslaut und wahrscheinlich beginnen sie jetzt darüber nachzudenken, was denn nun ihr ganz persönlicher Verlegenheitslaut ist. Das muss natürlich nicht ups sein. Es gibt noch viele andere Möglichkeiten. Ich zum Beispiel neige dem »Oh« zu, gestehe allerdings frank und frei ein, dass »Oh« nicht gerade originell ist. Aber was soll man machen, wenn einem nichts Besseres einfällt. Beliebt sind auch alle sogenannten »Klolaute«, aber die will ich ihnen nicht unbedingt unter die Nase reiben. Alle kennen sie und verwenden sie ausgiebig und ausreichend genug. Sie stehen auch im Duden. Was im Duden steht, sollte der normale Bürger, also Otto Normalverbraucher, eigentlich auch benutzen dürfen. Wirklich? Wirklich! Aber nicht nur der Duden könnte Absolution erteilen. Auch die schöne plattdeutsche Sprache tut es. Da kann der Mensch so richtig schön sagen: »So ein Schiet aber auch!«, und keiner stört sich dran. Da kann der Mensch sogar einfach und ohne mit der Wimper zu zucken sagen: »Na, mien liidden Schietbüddel!« Übersetzen sie selbst. Sie können kein Plattdeutsch? So eine Schei … oh, ups … gerade noch die Kurve gekriegt, um gesellschaftsfähig zu bleiben!

Von hinten betrachtet

Die Zeiten sind wie sie sind. Erstaunliche Dinge entwickeln sich und stellen Bestehendes auf den Kopf. Es handelt sich um das Gesäß des Mannes. Auf demselben sitzt der Mann, ganz normal wie jedes andere menschliche Wesen auch. Es gibt aber menschliche Wesen, die auch darauf stehen – im übertragenen Sinne natürlich – das sind Frauen. Eine Frau behauptete heute früh im Fernsehen sogar, sie finde den Hintern von Brat Pitt anbetungswürdig und zum Niederknien. Damit ist der männliche Hintern nun endgültig gesellschaftsfähig geworden. Es ist wie mit den roten Haaren: Erst trugen sie nur Punks, jetzt die ganze Nation. Erst musste ein Mann nicht schön sein, nur eben ein Mann. Jetzt wird ihm auch auf den Hintern geschaut. Das macht das Verhältnis zwischen Männern und Frauen nicht einfacher! Ich sehe ereignisreiche Zeiten auf uns zukommen und die Männer reihenweise in die Kurse der Fitnessstudios laufen, in denen »Bauch, Beine, Po« Training angeboten wird. Da werden wir Frauen dann nicht mehr allein sein. Massenhaft Arbeit für psychologische Berater und Therapeuten, massenhaft Gedanken für eine Schreiberin wie mich, die ich leider nicht alle zu Papier bringen darf. Nur noch soviel als positive Entwicklung: Wenn der Hintern zu etwas Anbetungswürdigem geworden ist, dann dürfen doch zukünftig auch alle Schimpfwörter in Verbindung mit ihm als gesellschaftsfähig gelten. Juristen, Pädagogen und Knigge-Fachleute: Zieht euch warm an!

Vonwegen Frauenwitz!

Neulich hat mir ein Mann einen »Frauenwitz« erzählt: In New York gibt es ein neues Kaufhaus. Da kann sich jede Frau einen Mann kaufen. Das Haus hat sechs Stockwerke und wenn man sich in einem Stockwerk entschieden hat, darf man nicht weiter nach oben gehen. Eine Frau will das und fängt im ersten Stockwerk an. Dort steht: Alle Männer hier haben Arbeit. Gut, denkt sie sich, geht aber vielleicht noch besser. Im zweiten Stock steht: Alle Männer hier haben Arbeit und sind kinderlieb. Nicht schlecht, denkt sie sich, geht aber weiter. Im dritten Stock steht: Alle Männer hier haben Arbeit, sind kinderlieb und gutaussehend. Hört sich gut an, denkt sie, geht aber weiter. Im vierten Stock steht: Alle Männer hier haben Arbeit, sind kinderlieb, gutaussehend und romantisch. Sie geht erwartungsvoll weiter. Im fünften Stock steht: Alle Männer hier haben Arbeit, sind kinderlieb, gutaussehend, romantisch und helfen gerne im Haushalt. Hin und her gerissen von diesem Angebot überlegt unsere kaufwillige Frau. Geht es noch besser? Vielleicht ja doch. Sie entscheidet sich und geht weiter in den sechsten Stock. Da steht: »Hier ist Schluss. Man kann keine Männer kaufen. Sie sind Nummer Fünfunddreißigmillionenzweihundertachtunddreißigtausenddreihundertundfünf. Wir wollten nur zeigen, dass wir Männer es den Frauen nie recht machen können.« Hier endet der Witz, aber vonwegen Frauenwitz! Das ist ein typischer Männerwitz: Immer große Versprechungen machen und nichts halten …

Wackelnd durchs Leben

Ohne zu wackeln geht es nicht im Leben. Bliebe alles nur statisch und ruhig auf seinem Platz stehen und liegen, nichts käme je in Bewegung – und Bewegung ist es doch, die von uns allen immer wieder, stets und ständig, gefordert wird. Das ist der Punkt, an dem das Wackeln zu Ruhm und Ehre gelangt. Nehmen wir uns also kurz Zeit und geben wir dem Wackeln die ihm gebührende Beachtung: Wackelte zum Beispiel die Tragfläche eines Flugzeuges nicht hin und her beim Fliegen, dann hätte das Flugzeug keine Stabilität. Wackelten die Bäume nicht hin und her im Wind, sie fielen uns dauernd auf die Köpfe, weil sie zerbrechen müssten. Dass man dieses Wackeln sprachlich so schön als Wiegen im Wind bezeichnet, soll uns nicht stören, das Wackeln als Grundprinzip auch darin zu erkennen und zu benennen. Ständig wackeln wir außerdem beim Sitzen auf unseren Stühlen hin und her. Kinder werden zum Stillsitzen ermahnt. Erwachsenen werden Sitzbälle empfohlen, auf denen es sich trefflich sitzen und wackeln lässt. So wackelt also alles um uns herum hin und her. Übrigens: Auch der Gipfel technischen Fortschrittes, mein Computer, ist ohne zu wackeln nicht permanent zu benutzen. Stellt er zum Beispiel beim ersten Versuch die Verbindung zum Internet nicht her, genügt es, einfach mit ein wenig Gefühl am Verbindungskabel zu wackeln – und schon habe ich die ganze Welt wieder im Wohnzimmer. Fazit: Wer wackelt, der lebt!

Was bin ich?

Ich bin eine Festnetztelefoniererin! Das scheint genauso schrecklich zu sein wie Milchbrötchenesser, Warmduscher, Körnerverachter, Linkssteher auf der Rolltreppe, Buttergenießer … was bin ich nun für ein Mensch? Früher gab es eine Quizsendung im Fernsehen mit dem Titel »Was bin ich?« und am Ende der Sendung wussten alle bescheid. Der Quizmaster hatte einen Kandidaten, einen Hund, und viele bunte Sparschweine an seiner Seite. Vor sich hatte er ein Rateteam, und immer, wenn dieses Team nicht richtig geraten hatte, wanderte ein Fünfmarkstück in den Bauch eines Sparschweines. Ab und zu bellte der Hund. Im Fernsehen klappte es so am Ende ganz oft herauszubekommen, wer wer war. Aber sie hatten es einfach: Es ging ja nur ums Berufe raten! Wie dagegen verhält es sich bei solchen Fragen wie: Was bin ich für ein Mensch, wenn ich ein Festnetztelefonierer bin? Früher begnügte man sich offensichtlich damit herauszubekommen, welchen Beruf jemand hatte. Heute muss man gleich in den Tiefen der Seele herumstöbern, um uns auf den Grund zu kommen. Man hält uns Warmduscher und Festnetztelefonierer für unmodern und spießig. Dabei verhalten wir uns treu und flexibel, Konsum fördernd und Arbeitsplatz sichernd: Das Handy benutzen wir nur unterwegs, sind also eigentlich Doppeltelefonierer und Doppelkommunizierer. Mit der warmen Dusche unterstützen wir die Energiewirtschaft. Als Buttergenießer sind wir eine Säule der Landwirtschaft. Was sind wir also? Die Felsen, auf die man bauen kann!

Was den Menschen wärmt

Die Zeit ist reif – für Wärmediskussionen! Keine Bange, es geht hier nicht um die Weltenergielage, nicht um Öl, Gas oder Kohle. Es geht um die gute, alte Heizdecke und um kuschelige Wohlfühlgedanken. Einige meiner Freunde nämlich haben dazu Wichtiges zu sagen: Edith zum Beispiel schwört im Winter auf ihren Matratzenwärmer. Komisch, sie ist gerade jung verheiratet. Was sollen wir davon halten? Lassen wir die Diskussionen über Männer und Warmhalten unter der Decke und wenden uns Anne zu. Anne hat seit Jahren eine Miniwärmeflasche, hat sie soeben bekannt. Sie denkt aber gerade über eine Heizdecke als Alternative nach – wenn sie nicht befürchten muss, dadurch im Bett gekocht zu werden. Ulli hat im Moment kein Geld, um die ganze Familie mit Heizdecken auszustatten, weil er gerade einen Resthof renoviert. Rudolf macht einen völlig aus der Art schlagenden Vorschlag. Man solle doch lieber mit ihm in der kalten Jahreszeit auf die Philippinen fliegen. Dort braucht der Mensch keine Wärmedecken, Heizdecken, Miniwärmeflaschen und was der nächtlichen Bettbegleiter in den kalten Zonen dieser Erde noch mehr sein mögen. Und ich? Ich bin gerade dabei, mir zu diesem Problem eine eigene Meinung zu bilden. Die entscheidende Wohlfühlfrage scheint mir persönlich doch zu sein: Wie schaffe ich es, meinen Mann eine ganze Nacht lang unter meiner Bettdecke zu halten?

Wie Madame Pompadour

Jeder von uns hat eine Geschichte über ein Ereignis aus seiner Schulzeit parat, das er nie vergessen hat und gerne erzählt. In diesem Fall handelt es sich um eine Abitur Abschlussreise nach Paris und um eine Besichtigung des Schlosses von Versailles. Das ging so: Es war ein schöner Tag. Sonne über Paris und Sonne über Versailles. Tutor und Schüler haben nichts als Freude und sind entspannt und interessiert dabei, sich die Schönheiten von Versailles zu erschließen, auch wenn der Spiegelsaal gerade renoviert wird und nur einen Teil seiner unnachahmlichen Eleganz freigibt. Bei einem Spaziergang in den Gärten geschieht es. Eine Schülerin fühlt ein dringendes menschliches Bedürfnis. Lang und länger. Weit und breit kein Klo zu sehen. Die Dringlichkeit wird immer dringlicher! Der Tutor greift ein. Er übermittelt der Schlossaufsicht in der Nähe das Problem. Quel malheur! Die Schlossaufsicht beschließt un grand privilège, ein großes Vorrecht, nachdem sie das leidende Mädchen begutachtet hat: Die Schülerin darf abgeschirmt von Aufsichtspersonen in den Gärten von Versailles hinter einer Hecke pinkeln gehen! Wer so etwas auf einer Abitur Abschlussreise erlebt hat, wird es sein Leben lang nicht mehr vergessen. Es bereichert das Leben unwiderruflich, denn wer kann schon von sich sagen, wie ehemals Madame Pompadour in die Gärten von Versailles gepinkelt gedurft zu haben!

Schluss

Dieses Buch ist nun zu Ende. Ich danke ihnen dafür, es gelesen zu haben! Wenn es ihnen gefallen hat, empfehlen sie es weiter. Wenn es ihnen nicht gefallen hat, behalten sie es für sich. Ausserdem wäre es in diesem Fall nicht schön, es sofort zu verbrennen. Geben sie ihm einen verschwiegenen Platz in ihrem Bücherschrank, es ist ja nur klein, und dunkelblaue Sachen gehen sowieso im Bunten unter. Einfach Weiterverschenken wäre auch eine Möglichkeit, zu einer Hochzeit vielleicht …